A CRIAÇÃO DO NOVO MUNDO

FLÁVIA HELENA E PAULO LINS

ILUSTRAÇÕES: GUILHERME CAMPELLO

Editora Nova Fronteira

Copyright do texto © 2024 by Flávia Helena e Paulo Lins
Copyright das ilustrações © 2024 by Guilherme Campello

Direitos de edição da obra em língua portuguesa no Brasil adquiridos pela EDITORA NOVA FRONTEIRA PARTICIPAÇÕES S.A. Todos os direitos reservados. Nenhuma parte desta obra pode ser apropriada e estocada em sistema de banco de dados ou processo similar, em qualquer forma ou meio, seja eletrônico, de fotocópia, gravação etc., sem a permissão do detentor do copirraite.

EDITORA NOVA FRONTEIRA PARTICIPAÇÕES S.A.
Av. Rio Branco, 115 — Salas 1201 a 1205 — Centro — 20040-004
Rio de Janeiro — RJ — Brasil
Tel.: (21) 3882-8200

DIREÇÃO EDITORIAL
Daniele Cajueiro

COPIDESQUE
Carolina Rodrigues

EDITORA RESPONSÁVEL
Mariana Elia

REVISÃO
Juliana Borel

PRODUÇÃO EDITORIAL
Adriana Torres
Laiane Flores
Mariana Oliveira

PROJETO GRÁFICO DE MIOLO, DIAGRAMAÇÃO E CAPA
Larissa Fernandez
Leticia Fernandez

Dados Internacionais de Catalogação na Publicação (CIP)

L759c Lins, Paulo
    A criação do novo mundo / Paulo Lins, Flávia Helena; ilustrado por Guilherme Campello. — 1. ed. — Rio de Janeiro: Nova Fronteira, 2024.
    112 p.: il.; 13,5 x 20,8 cm

ISBN: 9786556406138

1. Literatura brasileira. I. Helena, Flávia. II. Campello, Guilherme. III. Título

CDD: B869
CDU: 821.134.3(81)

André Felipe de Moraes Queiroz – Bibliotecário – CRB-4/2242

ESTE LIVRO FOI IMPRESSO EM 2024, PELA GRÁFICA IMPERIAL, PARA A NOVA FRONTEIRA.
O PAPEL DO MIOLO É CUCHÊ 115GM² E O DA CAPA É CARTÃO 250G/M².

Conheça outros livros da editora:

SUMÁRIO

Capítulo 1 — Miguel, 5

Capítulo 2 — Luísa, 13

Capítulo 3 — Saci, 23

Capítulo 4 — A criação do novo mundo, 33

Capítulo 5 — Novos mundos, novos amigos, 49

Capítulo 6 — As invenções de Miguel, 59

Capítulo 7 — A vez de Brutus, 65

Capítulo 8 — Condenados à solidão, 73

Capítulo 9 — A salvação, 81

Capítulo 10 — Cai a ficha de Miguel, 97

Capítulo 11 — Hora de voltar, 105

Há quem pense que Saci-Pererê só se encontra em redemoinho. Engano: ele pode estar em qualquer lugar. E foi de uma tela de computador que ele saiu para surgir bem na frente de Miguel e Luísa para que eles criassem um novo mundo. Só que o aparecimento não foi à toa, nem tão de repente.

Mas calma! Vamos começar do começo.

Nossa história se inicia com um problemão do Miguel. É que ele vivia cansado de fazer o que os adultos mandavam. Ficava aborrecido por dar bom-dia às pessoas. E também se chateava por ter hora para acordar e para dormir. Não gostava de tomar banho nem de lavar ou pentear os cabelos. Arrepiava-se só de pensar em escovar os dentes. Se precisasse usar fio dental, então... Ele chegava a chorar. Odiava comer frutas, legumes, verduras, só queria saber de chocolate, e não queria usar o uniforme do colégio. E, mais que tudo, detestava estudar. Por isso, suas notas estavam um horror.

— Mas, pai, eu estudo e não decoro nada...

— Não é para decorar, é para entender. Se você for mal em alguma prova de novo, já sabe...

— Eu não tenho culpa se os professores daquela escola não conseguem ensinar a matéria!

— Pare de falar bobagem! Eu conheço todos os professores de lá.

— Conhece, mas não assiste às aulas deles. Aí é fácil falar.

— Pare de me responder e trate de estudar. Não quero ninguém de recuperação nessa casa!

Não teve jeito. Miguel até tentou, só que a primeira avaliação foi logo a de matemática, a pior disciplina para ele. Precisava de 8,5 para escapar da recuperação, mas tirou 2,7.

— Pai, eu estou tentando aprender, só que não entra nada na minha cabeça...

— Sem conversa! Não vai sair no domingo!

— Ah, não!

— E não é só nesse! Você vai ficar em casa todos os domingos até recuperar essa nota.

— Ah, não! Isso não se faz!

— Você não entende que eu sou professor naquele colégio? Já pensou se meus alunos ficam sabendo da sua situação? Como vou poder cobrar que eles tirem boas notas?

— Esse pessoal do ensino médio nem conversa com a gente e o intervalo deles é em outro horário. Eles nunca vão saber. E também o que eles têm a ver com a minha vida?

— Mas a minha coordenadora e os outros professores logo vão me perguntar o que está acontecendo com você. E também...

— Ela é uma chata. Acha que pode ficar dando bronca na gente o tempo todo só porque é coordenadora do ensino médio.

Como se não bastasse ter interrompido Pedro, seu pai, Miguel reclamou da chefe dele e ainda revirou os olhos. Aí, não houve mais acordo.

— Acabou a conversa! Você vai fazer aula particular.

— O quê?! Aula particular? Aí já é demais!

— É melhor eu contratar uma professora particular do que ter que pagar a mensalidade do colégio. Do jeito que a coisa vai, daqui a pouco você perde a bolsa de estudos.

Miguel nem teve chance de argumentar.

— E a professora vai vir todas as tardes. Até o dia da prova. E, se continuar reclamando, vai ser ainda pior!

Quando Pedro disse isso, o menino ficou tão triste, mas tão triste que queria que o mundo acabasse. A vida já era ruim, mesmo nas tardes fora da escola, mas com aula particular de matemática seria muito pior. Ficou amuado por um tempo, porém depois percebeu que teria mesmo era que se render às aulas extras.

A nova professora se chamava Maria Carolina. Foi contratada às pressas por Pedro, que, preocupado de que algum colega ficasse sabendo da situação do filho, procurou alguém que trabalhasse em outra escola.

Ela bem que se esforçava, mas não havia o que fizesse Miguel prestar atenção às explicações. Nem contar piada, nem levar de presente um bolo de cenoura com cobertura de chocolate. Até a jogar videogame, que era a coisa de que Miguel mais gostava, Maria Carolina aprendeu. Mas o garoto não tinha a menor paciência para jogar com ela.

E foi numa sexta-feira, depois de ter tido aula durante todas as tardes daquela semana, que ele resolveu desabafar.

— Eu queria mesmo é que essa mulher sumisse do mapa, pra eu não ter mais que aturar as aulas dela.

Essas coisas ele só tinha coragem de dizer a Luísa, com quem passava a maior parte do tempo.

— Olha, Miguel, não é legal dizer esse tipo de coisa.

— Ela é muito chata.

— Você devia é agradecer.

— Agradecer?! Por quê?

— Porque, com as aulas particulares, você vai recuperar suas notas baixas.

— Humm...

— Em vez de revirar os olhos e fazer essa cara, você deveria aproveitar a oportunidade. Já pensou... ter uma professora só para você. Eu ia amar!

— Eu não quero mais ter aquelas aulas chatas!

— Não tenho problema com as minhas notas, mas, se precisasse de aulas extras, eu ia adorar. Deve ser muito bom estudar com uma professora só para você.

— Sim, muito bom! Na melhor parte do dia, que é quando eu não estou na escola, tenho que aguentar essa chatice de aula particular.

Luísa balançou a cabeça, negando, e parou de falar por uns minutos. Os dois viviam praticamente juntos, mas tinham vidas bem diferentes.

O pai de Miguel era professor, e a mãe, dentista. Embora não pudessem estudar com o filho sempre, costumavam dar bastante atenção a ele. Todos os dias, um ou outro levava e buscava o menino na escola e nas aulas de inglês e futebol, às quais ele frequentava no período da tarde. Também era muito rara a noite em que os três não jantavam juntos. O garoto não fazia nenhuma tarefa doméstica, nunca arrumava a cama quando acordava, não lavava a louça nem organizava o próprio quarto, já que havia uma pessoa contratada para fazer isso. Quando ela não vinha, o serviço ficava por conta de Pedro e Isabel. Para resumir: Miguel era muito preguiçoso.

Luísa sabia bem que o amigo era assim e, por isso mesmo, nessas horas, não conseguia ficar quieta por muito tempo.

— Miguel, você reclama de barriga cheia.

— Está bom... Reclamo de barriga cheia... Eu queria mesmo é desaparecer desse mundo.

— Ah, é? — Luísa riu. — E tem outro?

— Sei lá! Mas bem que eu queria que tivesse. Seria muito melhor! Sem escola, sem trabalho, sem nenhuma obrigação nessa vida.

CAPÍTULO 2

LUISA

uísa, diferente de Miguel, não era muito paparicada. A mãe e o pai eram médicos. Os dois não paravam em casa, pois estavam sempre trabalhando. Além disso, não tinham uma rotina muito convencional. Viviam dando plantões de madrugada, e era comum trabalharem durante os finais de semana.

Juliana, mãe de Luísa, e Isabel, mãe de Miguel, eram amigas desde o ensino médio. Sempre moraram no mesmo bairro e nunca perderam a ligação que tinham. Pedro, o pai de Miguel, tinha estudado na mesma escola das duas. Ele e Isabel começaram a namorar ainda na adolescência. Lucas veio da Bahia um pouco depois, para cursar a faculdade de medicina. Logo, ele e Juliana, que eram colegas de sala, começaram a namorar. Daí em diante, os quatro nunca mais se separaram.

Por isso, Luísa passava grande parte do tempo na casa de Miguel. Ficava durante o fim da tarde e parte da noite e, quando seu pai e sua mãe davam plantão no mesmo dia, também dormia lá. Antes de sair de casa, Luísa arrumava o quarto, organizava o material escolar e separava o uniforme. Fernanda, que ficava com a menina durante o dia e era responsável pelos afazeres domésticos, nem precisava se preocupar com isso. Quando chegava a hora de ir embora, era só chamar Luísa para levá-la até a casa de Miguel.

As duas crianças, mesmo tão diferentes, conviviam muito, porque, além de tudo, estudavam na mesma escola e eram colegas de turma. Luísa era a única pessoa com quem Miguel conversava depois que tinha sido posto de castigo, ainda que os dois discordassem sobre tanta coisa.

— É, Luísa, você gosta de falar que eu sou mimado e reclamo à toa, mas bem que, quando sua avó vem para cá, ela faz tudo para você.

— Ela faz as comidas que eu gosto e trança meu cabelo. Também não preciso dormir aqui quando ela está lá em casa, mas continuo cuidando das minhas coisas. Aliás, foi ela que me ensinou a fazer tudo. E tem mais: você sabe muito bem que minha avó não fica sempre aqui. Ela vem no máximo a cada quatro meses.

— Pior eu, que nem avó tenho.

Luísa preferiu ficar em silêncio.

Vera, a avó de Luísa, não podia passar muito tempo com a neta, apesar de gostar tanto da menina. Ela morava em Salvador e seus outros filhos também viviam lá. Lucas era o único que tinha saído de casa para estudar e ido embora para longe. Mas vó Vera e Luísa aproveitavam ao máximo o tempo que passavam juntas.

Quando estava calor, passavam as tardes na praia. Se o sol desaparecia, Vera e a neta se distraíam fazendo artesanato. Luísa estava boa em fazer fuxicos de retalho e, a cada visita da avó, as duas faziam vários deles. A intenção era depois juntar todos em uma colcha enorme.

Ela também gostava de levar a neta ao centro de umbanda. Desde muito pequena, Luísa se consultava com as entidades e sabia um bocado sobre os orixás e os mitos africanos.

UMBANDA

A umbanda é uma religião brasileira de matriz africana que, por várias questões, inclusive racismo, incorporou elementos do catolicismo. Também absorveu elementos da cultura indígena e do Kardecismo.

Teve sua origem no Calundu, espiritismo afro-brasileiro, que era praticado por africanos e afrodescendentes livres e escravizados em comunidades mineiras e em outros lugares do país durante os séculos XVII e XVIII.

Há vários registros de seu surgimento. Um dos berços da umbanda foi Vassouras, no estado do Rio de Janeiro, através de João Moleque, que incorporava o Caboclo Pena Preta. Outra forte organização aconteceu em São Gonçalo, também no Rio de Janeiro, no início do século XX, através do médium Zélio de Morais.

As celebrações da umbanda são muito bonitas, com música, dança e pratos culinários saborosos.

Vera fazia questão de ensinar à neta tudo que dizia respeito ao povo negro e sua cultura. Uma vez, Luísa foi passar as férias em Salvador. Viajou sozinha, de avião, acompanhada de uma comissária de bordo, porque os pais ficaram trabalhando. Assim que chegou à cidade, fez questão de conhecer vários lugares que contavam as histórias dos africanos que tinham sido escravizados na África e levados até a Bahia. Depois, pediu à avó que a levasse para assistir a uma apresentação do Ilê Aiyê.

ILÊ AIYÊ

Bloco carnavalesco afro fundado em 1974 no bairro do Curuzu, em Salvador, Bahia. Não tem como não se animar quando ele passa! A força das vozes do coral e o som da batida dos instrumentos de percussão são contagiantes. Os integrantes usam roupas típicas da cultura africana, como turbantes e tecidos coloridos e estampados. Além de divertir as pessoas no Carnaval, o grupo também busca preservar a cultura e a identidade dos povos africanos, além de combater o racismo.

Luísa adorava as aulas de história e geografia, mas também tirava boas notas em ciências e matemática. Por isso, Isabel sabia que ela podia ajudá-la a resolver o problema de Miguel. Assim que chegou do trabalho, naquela sexta-feira em que as crianças estavam conversando, chamou a garota para bater um papo enquanto o filho tomava banho, para ele não escutar o pedido que ela faria a Luísa.

— Me conta, Luísa: Miguel está reclamando da professora de matemática?

— O que você acha, tia? — respondeu Luísa com cara de afirmação.

— Eu sabia que essa história de aula particular não ia dar certo. Não sei por que o Pedro insistiu nisso. O Miguel não presta atenção em nada que a Maria Carolina fala. Vai acabar tirando nota baixa de novo.

— Acho que ele não está mesmo aprendendo muito com essas aulas.

— Será que você consegue me ajudar?

— Como?

— Estudando com ele.

Luísa começou a rir.

— Tia, você acha que ele vai aceitar estudar comigo?

— É por isso que eu quero te fazer um pedido. Amanhã é sábado, seus pais vão passar o dia no hospital, de plantão, e a Fernanda não vai poder ficar com você. Sua mãe pediu para eu te trazer para cá.

— Ela já me falou.

— A minha proposta é você vir mais cedo e conversar com Miguel.

Luísa não estava entendendo muito bem o que Isabel queria.

— Eu acho bom ele dar uma relaxada. Nem comer esse menino quer mais. Aí, você dá uns conselhos para ele como quem não quer nada e sugere de vocês estudarem juntos. Acho que assim ele consegue aprender alguma coisa.

— Não sei, tia. Se ele perceber que você mandou, é capaz de fazer birra.

— É verdade! Ele não pode perceber que tem dedo meu nisso.

— Você sabe que ele é teimosinho, né?

— Se sei! Mas acho que você pode falar enquanto estiverem fazendo alguma coisa divertida.

— Mas, pelo que sei, o tio Pedro proibiu o Miguel de fazer quase tudo.

— É... — Isabel fez cara de desânimo e pensou um pouco. — Como amanhã você vem para cá, eu explico meu plano para o Pedro e peço que ele libere um pouco o videogame. Aí, enquanto estiverem jogando, você conversa com ele.

— Pode deixar, tia! Vou fazer isso.

— Obrigada, Luísa! Você é a menina mais legal desse mundo!

CAPÍTULO 3
SACI

No dia seguinte, Luísa se levantou cedo e saiu com a mãe, que a levou até a casa de Miguel.

Chegando lá, Isabel abriu a porta e deu uma piscadela para a garota, confirmando que o combinado estava de pé.

Miguel, que tinha acordado de mau humor, mal olhou para Luísa, mas ela nem se abalou.

— Oi, Miguel, bom dia!

— Bom dia só se for para você, que não está de castigo em pleno sábado.

Nessa hora, Pedro interrompeu a conversa das crianças.

— Olha só, Miguel, como hoje é sábado e a Luísa veio aqui, decidi deixar você jogar um pouco de videogame com ela.

A expressão de Miguel se transformou: ele abriu um sorriso tão grande, mas tão grande que quase não coube no rosto.

— Verdade, pai?

— Verdade! Pode jogar videogame com a Luísa.

Pedro tinha se animado com o plano de Isabel, mas nem ele nem ela poderiam imaginar que havia mais alguém querendo ajudá-los para que Miguel se acertasse.

Luísa não era muito de videogame, mas até que gostava de jogar *Irmãos Robô*, o jogo favorito do Miguel. E, apesar de não ser tão boa quanto o amigo, sabia bem o que deveria acontecer enquanto movia seu robô por aquele caminho cheio de árvores. Por isso, achou estranho quando enxergou um gorrinho vermelho saindo de trás de um prédio. Miguel, é lógico, também notou que algo muito esquisito estava acontecendo. Os dois se olharam espantados e largaram os consoles na hora. O jogo todo parou e a imagem ficou congelada, mas um homem preto, de cachimbo na boca e pulando numa perna só, seguiu se movendo pelo asfalto.

Luísa percebeu logo quem era.

— Esse moço é o Saci! Mas o que ele está fazendo nesse jogo?

As crianças não conseguiam acreditar no que estavam vendo, e foi aí que uma coisa ainda mais extraordinária aconteceu: o Saci furou a tela, que mais pareceu uma barreira gelatinosa, com as mãos, saiu do computador e ficou de pé no quarto de Miguel, parado em frente aos dois.

— Vocês são Luísa e Miguel?

Os dois, de tão surpresos, nem conseguiram falar e só fizeram que sim com a cabeça.

Luísa não teve dúvidas de quem era aquele homenzinho, que ela estava tão acostumada a encontrar nos livros, mas nunca imaginou que ele pudesse existir de verdade, por isso preferiu confirmar:

— E o senhor, por acaso, é o Saci-Pererê?

— Sou eu mesmo! Muito prazer!

Miguel ficou muito espantado e não conseguia entender o que estava acontecendo. Luísa resolveu explicar quem era aquela pessoa que havia surgido na frente dos dois.

SACI-PERERÊ

Não se sabe ao certo de onde ele vem. Nasceu por volta do século XIX e aparece bastante no folclore português. No Brasil, sua figura é bem comum nos estados do Sul do país. O Saci é um rapazinho negro, pequeno, que tem uma perna só, usa um gorro vermelho na cabeça e vive fumando cachimbo por aí.

> Algumas pessoas acham que ele é simpático; outras, maldoso. Deve ser porque ele adora fazer travessuras e se diverte muito com as confusões que apronta. Gosta de amarrar as crinas dos cavalos, de fazer a comida queimar na cozinha, de espantar os animais das fazendas... mas, pelo que estou vendo aqui, agora ele está bem mudado.

O garoto ouviu tudo atentamente e ficou assustado com o tanto de coisa que Luísa sabia.

— Nossa, Luísa, como você sabe isso tudo?

— Pelos livros que você não lê — respondeu a menina, dando um risinho vitorioso.

O Saci ficou satisfeito que Luísa soubesse tanto sobre ele, mas percebeu que ela não conseguia entender por que ele estava ali, nem por que tinha aparecido daquele jeito. Ela logo perguntou:

— Mas, seu Saci! O senhor não vivia nos sítios, nas florestas, nas fazendas, nas tribos indígenas do Sul?

— Passei um bom tempo nesses lugares, quando eu ainda bagunçava muito. Agora que fiquei mais velho, ando por aí ajudando as pessoas. Já atrapalhei bastante. — Ele riu e continuou: — Eu vou aonde as pessoas precisam de mim.

— E o que o senhor quer com a gente?

— É que andei vendo umas atitudes desse seu amigo.

Miguel fez uma careta, revirando os olhos.

— Miguel, você não parece muito feliz. E as pessoas que convivem com você parecem estar bem chateadas também.

— Isso é verdade, viu, seu Saci. Ultimamente, a tia Isabel só anda chorando pelos cantos. Foi ela quem me pediu para eu dar uns conselhos a ele.

As caretas de Miguel iam mudando conforme a conversa avançava.

— Não precisa me chamar de seu, não. Nem de senhor.

Luísa sorriu e falou:

— Então... As coisas aqui nessa casa não estão fáceis mesmo.

O Saci olhou para Miguel, que não deu muita bola.

— Comecei a reparar que algo não estava bem por aqui. Fiquei tentando encontrar uma saída. Sem sucesso. Até que Miguel falou que gostaria de ir para um novo mundo.

— Verdade! Ele disse mesmo.

— Eu pensei: a solução é essa.

— Como assim? — perguntou Luísa, espantada.

— Ué? Eu ajudo vocês a criarem esse novo mundo.

— Jura? Não acredito! — Pela primeira vez, desde a chegada do Saci, Miguel se manifestou.

— Pode acreditar, eu vim aqui por isso!

— Vou poder fazer um mundo do jeito que quiser?

— Não é bem assim. Primeiro, o novo mundo não vai ser criado só por você. A Luísa também vai participar. Vocês até podem criar coisas sozinhos, mas é melhor fazerem isso de comum acordo para depois não se arrependerem, pois o resultado das criações pode afetar os dois. Depois, vocês têm regras para obedecer.

— Por que tudo tem que ter regra nessa vida?!

— Não liga, não, seu... quer dizer, Saci. O Miguel é reclamão.

— E eu não sei? Mas, agora que decidi ajudar esse rapaz reclamão, vou ter que aguentar.

— Está bom, Saci, se não posso fazer o que eu quero, qual é a vantagem disso pra mim?

— Você não queria criar um novo mundo? Bom, como eu já disse, não foi à toa que eu vim aqui. Vou explicar a minha proposta: criando um mundo novo, junto com a Luísa, vocês podem fazer o que quiserem, ou quase tudo.

Luísa estava quase aceitando a proposta.

— Mas, Saci, deixa eu perguntar uma coisa...

— Pergunte, Luísa.

— Indo pra um mundo novo, a gente precisa abandonar as pessoas que a gente ama aqui?

— Mas é boba mesmo! Eu louco para me livrar dos professores e das professoras do colégio e da dona Maria Carolina, e você aí, preocupada com isso.

— Não, Luísa. Enquanto vocês estiverem criando esse novo mundo, podem vir para cá sempre que precisarem. E, também, o tempo dos dois mundos é bem diferente. Uma hora aqui equivale a quase uma semana do lado de lá.

— Nossa! Então a gente nem vai precisar faltar à escola...

Miguel fez outra careta.

— Não digo que você é tonta? Pensando em não faltar... E eu aqui imaginando um mundo sem escola nenhuma.

— E aí? Querem criar o mundo novo ou não querem? Eu ainda tenho muita coisa para fazer hoje...

As duas crianças se olharam, quase concordando em aceitar a proposta do Saci. Só não tiveram tempo de responder. Quando eles iam dizer que sim, o quarto já se transformava numa grande escuridão. Todas as coisas sumiram, inclusive o chão, e eles flutuaram no vazio.

CAPÍTULO 4

A CRIAÇÃO DO NOVO MUNDO

Miguel segurou forte a mão de Luísa quando o Saci mostrou aos dois um controle remoto, daqueles de última geração.

— É com isso que vocês vão criar o novo mundo — disse ele, entregando o controle a Luísa. — Cada botão serve para uma coisa, mas isso vocês vão aprendendo com o tempo. O mais importante de tudo é respeitar as regras desta lista aqui.

O papel, ele entregou a Miguel.

— E agora eu já vou indo, porque ainda tenho muita coisa para resolver do lado de lá.

E saiu pulando, bem rápido. Só virou para trás quando estava quase sumindo.

— Cuidem-se e pensem bem em que mundo vocês vão criar.

— Mas, Saci…

— Lembrem-se: esse mundo novo vai ser como uma escola, onde vocês terão que aprender tudo, só que sozinhos, sem os professores e as professoras do colégio. E sem a professora particular. — Esse final ele disse olhando para Miguel, com um leve risinho.

Mal o Saci desapareceu, Miguel começou a choramingar. Luísa, acostumada com as manhas do amigo, teve que agir. Pegou as instruções da mão dele para que pudessem começar o trabalho.

E lá estava a regra número um: antes de tudo, era necessário criar a Grande Biblioteca, com muitos livros, de vários assuntos.

— Esse chato quer é me fazer estudar.

Sem dar bola, Luísa obedeceu. Ainda não tinha muita prática, mas encontrou rápido o botão de que precisava. Logo apareceu uma biblioteca enorme, de muitos e muitos andares, com todos os livros organizados pelo nome.

— Só de ver essa biblioteca, eu já fico cansado. Você acha mesmo, Luísa, que vou ficar procurando livro aí?

— A gente pode pensar num jeito de encontrar os livros com facilidade.

— E eu vou perder tempo lendo esse monte de livro?

Como Luísa sabia que Miguel não ia parar de reclamar, decidiu não dar mais atenção a ele e seguir lendo as regras. Estava ansiosa para criar mais coisas legais.

— Regra número dois: nada que for criado pode ser "desinventado".

— Mas esse Saci é um chato mesmo! E se eu me arrepender de algo que criei? Vou ter que aguentar essa invenção para sempre?

— É por isso que existe a biblioteca, Miguel! Para a gente poder pesquisar, ler bastante e não fazer besteira ao criar coisas novas. — E continuou: — Regra número três: é recomendável que todas as criações sejam de comum acordo, pois tudo o que for criado terá consequências para nós dois.

— Que bom, assim me sinto mais livre! — exclamou Miguel.

— Pode se sentir mais livre, mas sem esquecer que as criações individuais podem afetar nós dois.

— Não vou criar nada que possa prejudicar você.

— Espero!

— Acho que você vai gostar da próxima. Regra número quatro: podem ser usadas, além das leituras, outras referências, como músicas, filmes, videogames ou qualquer coisa que os dois já tiverem visto ou ouvido.

— Ufa! Então vou poder fazer tudo o que eu quiser sem precisar ficar estudando.

— Tudo não, né? Regra número cinco: a leitura será o meio de transporte entre os dois mundos. Pelos livros, é possível chegar a qualquer lugar do mundo antigo. Regra número seis: nós dois só poderemos entrar ou sair do novo mundo se estivermos juntos. Regra número sete: depois que o novo mundo estiver pronto, nenhuma criatura ou coisa inventada poderá sair dele.

LISTA DE REGRAS

REGRA NÚMERO UM

A PRIMEIRA CRIAÇÃO DEVE SER A GRANDE BIBLIOTECA, ONDE DEVEM ESTAR TODOS OS LIVROS DO MUNDO.

REGRA NÚMERO DOIS

NADA QUE FOR CRIADO PODE SER "DESINVENTADO".

REGRA NÚMERO TRÊS

RECOMENDA-SE QUE TODAS AS CRIAÇÕES SEJAM DE COMUM ACORDO, POIS TUDO O QUE FOR CRIADO TERÁ CONSEQUÊNCIAS PARA TODOS.

REGRA NÚMERO QUATRO

Todas as referências são aceitas: histórias, contos de fadas, músicas, filmes e qualquer coisa que os dois já tenham visto ou ouvido.

REGRA NÚMERO CINCO

A leitura será o meio de transporte entre os dois mundos, mas só enquanto o mundo novo estiver em processo de criação. Pelos livros, será possível chegar a qualquer lugar do mundo antigo.

REGRA NÚMERO SEIS

Luísa e Miguel só podem entrar no novo mundo e sair dele se estiverem juntos.

REGRA NÚMERO SETE

DEPOIS QUE O NOVO MUNDO ESTIVER PRONTO, NENHUMA CRIATURA OU COISA INVENTADA PODERÁ SAIR DELE.

No fim do bilhete, havia um alerta, escrito em letras garrafais:

MUITO CUIDADO COM AQUILO QUE VOCÊS CRIAREM. QUALQUER INVENÇÃO, BOA OU RUIM, ACARRETARÁ CONSEQUÊNCIAS IRREVERSÍVEIS.

Lidas todas as instruções, Luísa propôs sua primeira invenção: uma rua ladrilhada com pedrinhas de brilhantes, como na música que Isabel cantava para os dois dormirem quando eram pequenos.

Criaram a rua, então. E só depois pensaram que o novo lugar, ali onde estavam, precisaria de um nome. Miguel sugeriu Pasárgada, por causa de um poema que o avô tinha lido para ele uma vez. Luísa propôs Macondo, por causa de uma história de que a mãe gostava muito.

Para decidir, resolveram consultar a biblioteca. Concordaram em criar um supercomputador que indicasse para eles livros em que pudessem pesquisar o que precisassem. Assim, Luísa e Miguel encontraram depressa os nomes dos lugares que estavam buscando nos livros que o supercomputador indicou.

— Achei aqui, ó! Em Pasárgada tem "al-ca-loi-de à vontade".

— E o que é alcaloide?

— Sei lá! Mas deve ser bom.

— E em Macondo tem uma velhinha chamada Úrsula que viveu mais de noventa anos.

— Deus me livre! E quem quer viver todo esse tempo? Eu prefiro Pasárgada.

PASÁRGADA

É o lugar dos meus sonhos! Pena que não existe. Foi só uma criação do Manuel Bandeira, um poeta brasileiro bem importante. Dizem que ele queria ir embora para lá porque em Pasárgada tinha de tudo e ele poderia fazer muitas coisas divertidas, como andar de bicicleta e subir em pau de sebo. Mas o melhor mesmo é que lá ele seria amigo do rei.

MACONDO

Cidade fictícia onde se passa a história contada em Cem anos de solidão. Esse livro, escrito pelo colombiano Gabriel García Márquez, é um dos mais importantes romances da América Latina. Os protagonistas fazem parte de uma enorme família, os Buendía, que vão repetidamente se envolvendo em desencontros e situações tristes, mas, mesmo assim, conseguem se superar. Úrsula, a matriarca, chega a viver mais de cem anos!

— Vamos sortear.

Ganhou Macondo.

Luísa deu um sorriso para Miguel, como se comemorasse por ter vencido. Com a vitória da menina, ele acabou concordando que ela teria o direito de criar um grande jardim onde o nome escolhido apareceria escrito com letras formadas por girassóis. Haveria também muitas borboletas amarelas e de outras cores, árvores cheias de frutas e pássaros que não paravam de cantar. O gramado estaria sempre verde. Miguel estava meio desanimado, então ela criou tudo isso sozinha e ficou muito feliz. Tão feliz que não percebeu quando o menino pegou o controle e se afastou por um momento.

Miguel, apesar de não ter sido contrário ao jardim, achava aquilo uma grande perda de tempo. Estava aborrecido por não ter concretizado ainda nenhum de seus desejos. Não estava acostumado a debater com os outros para tomar decisões. Preferia resolver tudo sozinho.

Por isso, teve uma ideia: enquanto a amiga estava distraída admirando o jardim e observando todas aquelas plantas e animais maravilhosos, ele usaria o controle para criar um gênio capaz de realizar todas as suas vontades. Muito fácil. Pela regra número três, seria melhor que os dois concordassem com o que seria criado, mas nada impedia que houvesse criações individuais. Inventando o gênio, assim, escondido, não seria necessário concordar com a Luísa o tempo todo e ele não estaria desrespeitando nenhuma regra.

E, desse jeito, também não haveria incansáveis debates, briga e discussão. Cada um faria o que bem entendesse. Ele, com o gênio; Luísa, com o controle.

Rapidamente, consultou o livro *As mil e uma noites* no supercomputador, porque não se lembrava bem da história do Aladim e o gênio da lâmpada.

AS MIL E UMA NOITES

Tudo começa com Xariar, rei da Pérsia, que fica enfurecido ao descobrir que sua esposa o traía com um escravo quando ele viajava. Ao descobrir a infidelidade, ordena que sejam assassinados a mulher e o escravo. Mas não só. A cada noite, ele dormia com uma moça diferente, que mandava matar na manhã seguinte.

Foi aí que uma moça chamada Xerazade se ofereceu para se casar com ele. Xerazade tinha um plano: ela se casaria com o rei e, depois de passarem a primeira noite juntos, começaria a contar uma história, que seria interrompida ao amanhecer. Curioso para saber o desfecho do relato, o rei não a mataria. E foi assim que aconteceu: toda noite, Xerazade contava uma nova história, entretendo seu marido e escapando da morte. Depois de muitas noites e muitas histórias, eles tiveram três filhos e o rei acabou abandonando a ideia de matá-la.

ALADIM E A LÂMPADA MARAVILHOSA

Uma entre as muitas histórias contadas por Xerazade a Xariar em As mil e uma noites. Ao longo do tempo, ganhou muitas versões e até virou filme. A mais tradicional delas, escrita por um francês chamado Antoine Galland, conta que Aladim era um jovem muito preguiçoso, que, para não trabalhar, se recusava a ser alfaiate como o pai.

Tudo mudou quando Aladim encontrou um feiticeiro cheio de poderes que queria a ajuda dele para buscar uma lâmpada com um gênio aprisionado capaz de realizar muitos desejos. Para pegar a lâmpada, era preciso entrar numa misteriosa caverna.

Aladim conseguiu realizar a tarefa, foi enganado pelo feiticeiro e acabou preso

> na caverna, só que ficou com a lâmpada. Fez, então, vários pedidos ao gênio. Um deles foi se tornar príncipe e se casar com a princesa, filha do sultão.

Impaciente, Miguel leu só uma parte da história e partiu para a ação. Primeiro, fez a lâmpada porque achou que não seria bom ficar andando com o gênio solto por aí.

Quando interessava, Miguel sabia ser espertinho e pensou bastante em todas as qualidades que ele queria que o gênio tivesse. Em primeiro lugar, a criatura seria muito obediente e não faria questionamentos. Obedeceria a seu dono de olhos fechados. Estaria sempre de bom humor, mesmo que passasse por situações muito ruins. E não ficaria puxando papo o tempo todo, só falaria quando fosse preciso, porque Miguel achava um saco ter que ficar conversando sem ter vontade. Por último, o gênio também seria uma criança muito esperta e divertida, porque, de adulto chato, o mundo antigo já estava cheio. As características físicas poderiam ser as mesmas do gênio de Aladim, inclusive o tamanho. Seria muito divertido existir uma criança com aparência e tamanho de adulto.

E o gênio foi, enfim, criado.

— Oi, Miguel, estou aqui para fazer tudo o que você quiser.

Só quando foi responder que o garoto notou que não tinha nomeado a sua invenção. Até pensou em usar Aladim, já que estava com a história de *As mil e uma noites* na cabeça, mas queria um nome que mostrasse que o gênio era só dele. Decidiu chamá-lo de Miguelim.

— Oi, Miguelim, esse é seu nome.

— Está ótimo, gostei muito!

Miguel já se preparava para fazer o primeiro pedido quando Luísa, notando que algo estranho estava acontecendo, correu pelo gramado para ver o que era. Ele até mandou Miguelim se esconder dentro da lâmpada, mas não conseguiu evitar o aborrecimento da menina ao ver o gênio.

— O que você está fazendo, Miguel? Usando o controle sem a gente conversar?

— Sim! Tem algum problema?

— Tem problema, sim! Eu e você somos responsáveis pela criação do novo mundo e as invenções individuais podem afetar nós dois.

— É só um gênio que vai fazer minhas vontades sem a gente precisar debater sobre tudo. Eu prometo que ele não vai afetar você em nada. Prometo. E, se você quiser que ele crie alguma coisa, é só falar.

Luísa ficou muito triste e falou, quase chorando:

— Eu nunca vou pedir nada ao gênio. Não foi isso que a gente combinou com o Saci.

— Está bem, então! Era isso mesmo que eu queria: o gênio vai realizar só os meus desejos. Eu fico com ele, você fica com o controle. Se a gente tivesse que conversar cada vez que fosse criar alguma coisa, iria sempre discordar, e eu não conseguiria criar nada. Assim, fica tudo resolvido.

Ela nem se deu ao trabalho de responder, e Miguel se afastou.

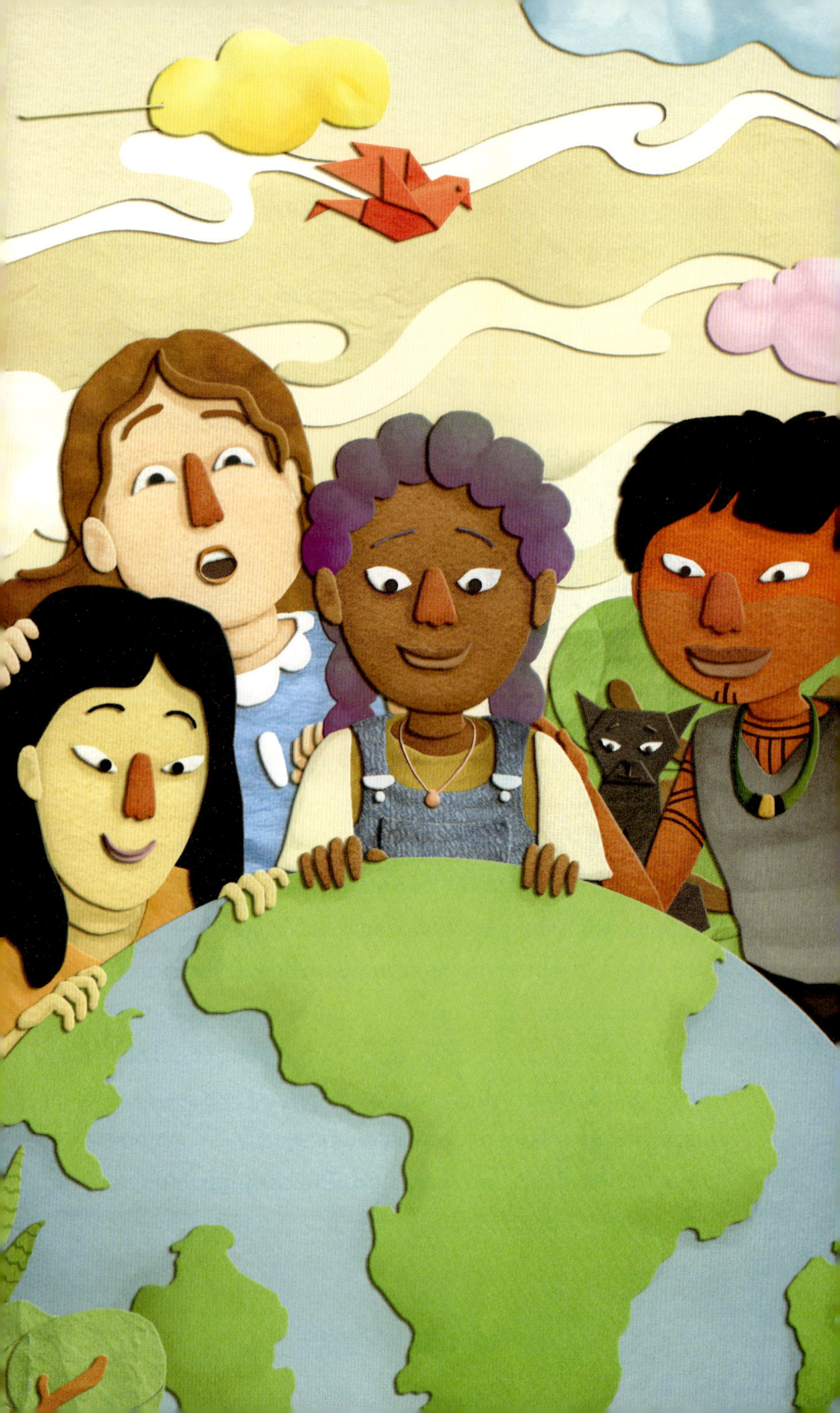

CAPÍTULO 5

NOVOS MUNDOS, NOVOS AMIGOS

Luísa chorou por se sentir sozinha como nunca havia se sentido.

Decidiu, então, criar outros melhores amigos. Como estava muito magoada, resolveu pensar muito bem sobre as características dos amigos que inventaria. Não queria conviver com ninguém preguiçoso, egoísta ou que desrespeitasse as outras pessoas. Chega de decepção!

Para que pudessem se comunicar e se relacionar sem problemas, teve uma primeira ideia: eles teriam a mesma idade que ela e saberiam ler para poderem consultar as obras da Grande Biblioteca.

Antes de começar a criar as novas companhias, ela pensou mais um pouco. Estava cheia de dúvidas e sentia falta de ter alguém com quem pudesse conversar.

Refletiu muito sobre como seriam essas pessoas. Primeiro, imaginou que somente meninas seriam suas novas amigas, porque, em sua escola, lá no mundo antigo, meninos e meninas sempre brigavam muito. Mas depois mudou de ideia. Em seguida, quis criar apenas pessoas afrodescendentes como ela, para que nunca ninguém sofresse racismo em Macondo. Mas ficou na dúvida se essa seria a solução. Por último, pensou nas línguas que essas crianças iriam falar. Como ela estava confusa!

De repente, Luísa gritou bem alto:

— Como seria bom existir um mundo onde todos fossem iguais!

E o grito a fez pensar que, sim, seria incrível um mundo onde todos fossem iguais, mas melhor ainda seria se todos, mesmo diferentes, sempre se respeitassem e não houvesse nunca nenhum tipo de preconceito.

Decidiu-se, assim, sobre como seriam as primeiras pessoas do novo mundo: uma menina com a aparência das pessoas do leste asiático lá do mundo antigo e uma garota de pele branca e cabelos lisos e castanhos, parecida com as pessoas de origem europeia. Achou que deveria haver um menino entre elas também. Ele seria parecido com os indígenas do Norte do Brasil. Todos diferentes, inclusive dela, que era preta de origem africana. Com o tempo, criaria pessoas de todas as etnias, consultando os livros da Grande Biblioteca.

E que idioma eles falariam? O ideal era que fosse português, já que era essa a língua materna de Luísa, mas ela se lembrou das aulas de história e do período da colonização do Brasil, quando os portugueses vieram da Europa e impuseram aos indígenas não só a sua religião, mas também o seu idioma, ignorando que já existiam outras línguas lá. Se o mundo era novo, ela ia agir de forma diferente. E a solução foi a seguinte: as pessoas inventadas por ela no novo mundo conheceriam, sim, o português, mas se comunicariam também em qualquer outro idioma que existisse. Elas falariam todas as línguas de todos os países do mundo antigo.

O próximo passo era decidir os nomes e as personalidades do novo amigo e das novas amigas. Luísa sempre achou divertido mães e pais escolherem os nomes de seus bebês e optou por aqueles de que mais gostava. Uma menina se chamaria Akemi, a outra, Júlia e o garoto se chamaria Rudá.

Akemi seria muito boa em ciências e faria os origamis mais incríveis que alguém poderia imaginar. Júlia gostaria de ler histórias encantadoras e divertidas, amaria poesia, desenharia muito bem e saberia tudo sobre Van Gogh e Frida Kahlo. Rudá gostaria muito de ciências e geografia, saberia tudo sobre florestas tropicais e plantas e entenderia bastante do folclore do Brasil.

ORIGAMI

É a arte de dobrar papel surgida no Japão muitos séculos atrás. Por meio dessa técnica de dobradura, é possível criar imagens de animais, flores, objetos e o que mais você quiser.

VINCENT VAN GOGH

Um pintor que ficou muito famoso pelas imagens de girassóis, da noite estrelada e do próprio quarto, mas que criou muito mais do que isso: produziu mais de dois mil quadros em cerca de dez anos.

Nasceu na Holanda, em 1853, e fez parte do movimento pós-impressionista. Em homenagem a ele, existe um museu na cidade de Amsterdã, com quadros seus e de outros pintores com quem ele conviveu. Quem sabe a gente não cria um museu como esse no novo mundo?

FRIDA KAHLO

Foi uma artista muito importante que nasceu no México, em 1907. Pintou muitos retratos, autorretratos e figuras inspiradas na natureza mexicana. Muita gente dizia que Frida era surrealista, o que significa que seus desenhos não tinham lógica e representavam imagens parecidas com sonhos. Mas, para ela, o que pintava era sua própria realidade. Eu, assim como a Júlia, gosto muito das pinturas dela.

FOLCLORE DO BRASIL

São os mitos, lendas, brincadeiras, histórias, danças, festas e costumes que expressam aspectos importantes da nossa cultura. O folclore do Brasil se formou a partir de elementos das culturas africana, indígena e portuguesa.

Contente com as crianças que havia imaginado, Luísa resolveu, finalmente, criá-las. Foi uma festa e tanto. A menina se sentiu acolhida e feliz e, depois de se apresentar a todos, explicou para os novos amigos o que estava acontecendo e leu as regras do novo mundo.

A primeira ideia de Akemi foi que todos os seres vivos criados naquele mundo viveriam para sempre. Não haveria caixões nem mortes, só vida eterna repleta de saúde. As crianças concordaram com essa ótima ideia.

Em Macondo, haveria dia e noite, mas o céu de cada um desses períodos teria nuvens de algodão-doce que não derreteriam nunca.

A tarefa de criar as florestas ficou com Rudá. Luísa sugeriu que fossem todas como as do Brasil do mundo antigo, porque eram muito bonitas.

A criação dos animais ficou por conta de Akemi. Os bichos do novo mundo tinham forma de origami e sabiam falar como os humanos. Ficou decidido que todos os seres vivos que habitavam o mundo antigo também existiriam no novo mundo.

Luísa foi a responsável por criar os sons. Ela manteria os sons da natureza iguais aos do mundo antigo, como o barulho do vento, da chuva ou do mar, mas todos os ruídos desagradáveis seriam transformados em notas de instrumentos musicais.

Todos esses lugares se pareceriam com telas de Van Gogh e Frida Kahlo, e essas pinturas ficaram por conta de Júlia.

As crianças fizeram isso tudo em comum acordo, para não descumprir nenhuma regra. Depois criaram muitas ruas para poderem se movimentar pelo mundo que estavam construindo. Algumas eram cobertas de chocolate, outras de jujuba, outras de brigadeiro. Esses doces, com vitaminas e proteínas, alimentariam sem provocar nenhum mal à saúde.

Para se locomoverem, inventaram um grande sofá voador que os levava a qualquer lugar do novo mundo. O móvel era equipado com uma luneta capaz de enxergar lugares muito distantes.

Enquanto isso, Miguel também maquinava as próprias invenções.

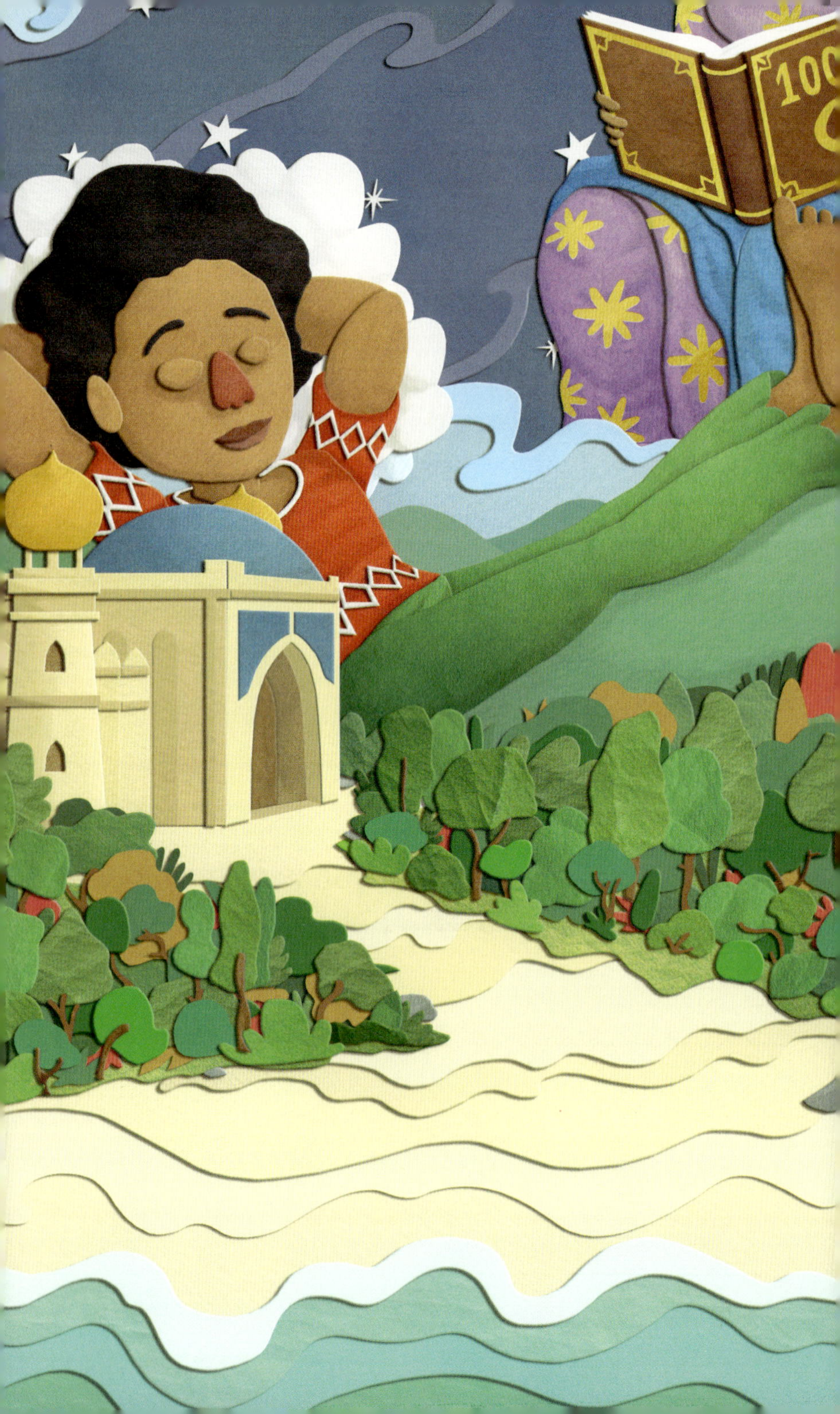

CAPÍTULO 6

AS INVENÇÕES DE MIGUEL

Depois de discutir com Luísa, Miguel foi andando no meio do nada, segurando a lâmpada e o gênio, até que parou onde imaginava estar bem longe da amiga. Sentiu-se um pouco sozinho e se lembrou de que podia conversar com Miguelim, a quem contou tudo o que estava acontecendo e de onde vinha. Desabafou, mas não disse nada sobre as regras, porque já tinha esquecido toda aquela chatice, e ficou aliviado de saber que seu novo companheiro nem fazia ideia de quem era o Saci-Pererê.

Com preguiça de consultar outros livros, aproveitou bastante *As mil e uma noites*, o único que tinha retirado da biblioteca. De cara, criou uma Xerazade, para que ela lhe contasse as histórias e ele não precisasse mais ler nada.

Miguel achou que precisava de um lugar para ficar e mandou o gênio construir também uma praia, com um mar exclusivo. Não queria perder tempo fazendo coisas desnecessárias. Também achava melhor não existirem caminhos para as pessoas chegarem até ele.

Precisava de uma casa. Nada melhor do que viver em um castelo onde ele seria o rei, não é mesmo? Então, ordenou ao gênio que criasse um castelo imenso, luxuoso e bem confortável. Como ele não queria ter trabalho nem para se movimentar dentro da própria casa, fez um tapete voador que o levaria aonde fosse preciso. Amigos, nem pensar, que ele não queria dividir nada com ninguém.

Miguelim era bastante eficiente e tudo foi ficando como Miguel queria. Aquele novo mundo era um sonho!

— E agora, meu mestre, o que vamos fazer?

Miguel percebeu que estava com fome e pensou em como iria se alimentar no novo mundo. Nada de verduras, frutas, legumes ou feijão com arroz. Ali, ele não seria obrigado a comer essas coisas.

Ordenou que o gênio criasse uma fábrica de chocolate gigante. Lá seriam produzidos chocolate branco, chocolate preto, chocolate aerado, chocolate com amendoim, chocolate com caramelo e qualquer outro tipo de chocolate que ele quisesse. Foi construída também uma lanchonete imensa, onde se preparavam sanduíches de todos os tipos, cheios de bacon, queijo e maionese.

Para beber, só haveria refrigerantes, máquinas de chocolate quente e milk-shake.

Para se divertir, o menino criou um videogame com muitos e muitos robôs, que ele jogaria sozinho, ganhando sempre.

Depois de tudo pronto, viu que precisava de gente para trabalhar nesses lugares. Foi aí que decidiu criar muitas pessoas, para servi-lo sem reclamar nem querer nada em troca.

Miguelim já estava cansado de atender a tantos pedidos, então resolveu perguntar:

— Como eles devem ser?

— Sei lá! Você inventa um monte de gente, homens e mulheres, todos diferentes uns dos outros. Podem ser várias pessoas parecidas com as do mundo antigo mesmo. Isso não me interessa, e agora estou com preguiça de pensar. O importante é que todo mundo trabalhe no que for necessário, por isso é bom que sejam pessoas diferentes umas das outras e que possam fazer tudo o que eu quiser sem me encher o saco.

E assim o gênio fez: criou uma legião de seres humanos capazes de realizar vários tipos de serviço.

De repente, havia um monte de gente falando sem parar em vários idiomas, indo de um lado para outro. Miguelim percebeu que a coisa estava ficando fora de controle e pensou que a solução seria ter alguém que comandasse todas aquelas pessoas. Perguntou a Miguel quem seria o responsável pela tarefa, mas o menino, sempre com preguiça, disse que não coordenaria nada.

— Ai, Miguelim, resolva isso para mim. Pense você mesmo numa solução.

Miguelim teve que agir rápido, pois a bagunça já estava se formando. Assim, encontrou uma solução: criou Brutus, um ser humano muito esperto que seria o chefe de todos os outros e que também trabalharia sem cobrar nada por isso.

Miguel ficou feliz da vida. Aquele era o mundo com que sempre sonhou. Não precisava nem tomar decisões. Era só chamar que haveria sempre alguém para servi-lo.

Pensou só nas coisas boas que os servos lhe trariam, em como ele viveria sem precisar fazer esforço algum, no quanto seria fácil ter alguém trabalhando para ele a hora que quisesse.

Não demorou muito para acontecer uma grande confusão.

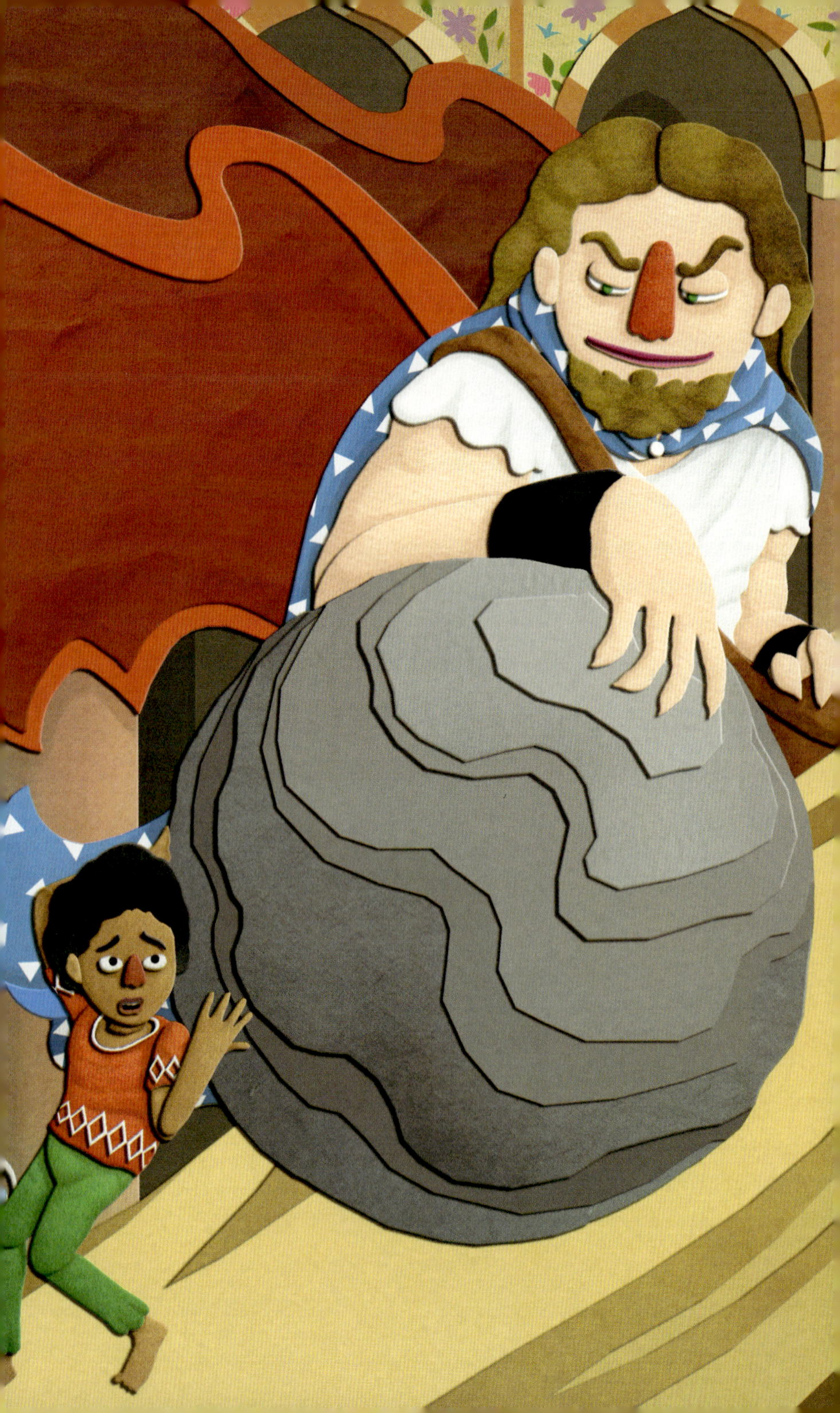

CAPÍTULO 7

A VEZ DE BRUTUS

Brutus não era uma boa pessoa. Miguelim, quando o criou, planejou alguém capaz de mandar sem considerar os problemas e as vontades dos outros. Era autoritário e grosseiro, maltratava os outros trabalhadores explorados e vivia gritando com eles. Ao mesmo tempo, era muito esperto, atento e adorava aprender.

Conversando com Miguelim, logo entendeu o que estava acontecendo. Soube da existência de Luísa e por que ele havia sido criado. E pensou: se esse menino bobo, que não gosta de estudar e é preguiçoso desse jeito, pode ser um dos donos desse mundo, por que eu não posso?

Começou, então, a arquitetar um plano.

Como sua tarefa era apenas mandar, fazia isso logo de manhã, atribuindo a cada um dos trabalhadores e trabalhadoras as atividades que deveriam fazer durante o dia. Depois, pegava o tapete mágico sem que ninguém percebesse e ia para a Grande Biblioteca. Passava o dia por lá, estudando. Aprendeu bastante sobre as coisas do mundo antigo e entendeu o que estava acontecendo com ele. Também leu muito sobre mitologia grega, que se tornou seu assunto preferido. Estudava de tudo, menos o folclore brasileiro, que ele achava muito sem graça.

> **MITOLOGIA GREGA**
>
> Durante a Antiguidade, os gregos criaram uma série de lendas e mitos para explicar a morte, a origem da vida, os fenômenos da natureza, os sentimentos, entre tantas outras coisas do mundo. Essas histórias eram vividas por seres mitológicos, como deuses, semideuses e ninfas. É o conjunto dessas lendas e mitos que recebe o nome de mitologia grega.

Brutus foi acumulando conhecimento, até que achou que tinha informação suficiente para colocar seu plano em prática.

O primeiro passo era roubar o gênio e a lâmpada, o que fez com muita facilidade. Miguel nem se preocupava em tomar conta de Miguelim. Passava o dia comendo hambúrgueres e doces e jogando videogame. Mais fácil ainda foi fazer com que Miguelim lhe obedecesse, já que, apesar da aparência de adulto, o gênio era apenas uma criança obediente e muito disposta a ajudar.

— Eu quero que você seja meu, Miguelim. Agora!

— É claro que posso ser seu, Brutus. Estou aqui para realizar todos os seus desejos.

— Então pode realizar o primeiro: eu quero que você faça uma capa voadora, muito bonita, comprida e brilhante, para eu vestir e me deslocar por todo o castelo e para qualquer lugar aonde eu queira ir. Gosto do tapete voador, mas a capa é mais prática e estará sempre presa às minhas costas.

Muito rápido, Miguelim providenciou a capa.

— Quero também uma bolsa grande, que vai ficar sempre comigo, para guardar a lâmpada e você. Depois penso em algo mais seguro. Não posso fazer como esse menino e deixar uma coisa tão preciosa dando mole por aí.

Resolvida a primeira etapa, Brutus voou depressa até Miguel para avisá-lo que seu reinado havia acabado.

— Pare agora de jogar videogame!

Miguel continuou jogando e perguntou:

— Quem você pensa que é, hein, Brutus?

— O novo dono deste mundo.

O menino riu de tanto que achou aquilo absurdo.

— Impossível! Só eu tenho o poder de criar as coisas por aqui.

— Isso é o que você pensa! O gênio e a lâmpada agora são meus!

Enquanto falava, Brutus mostrou Miguelim, que sorria o tempo todo, e a lâmpada. Miguel começou a chorar.

— Como você pôde me trair assim, Miguelim?

— Mas eu não traí você. Sou apenas obediente e realizo os desejos de quem me pede.

Miguel ia falar, mas foi interrompido por Brutus.

— Agora o dono dele sou eu! Dele e de tudo isso que você criou, inclusive de você, que agora vai ver como é bom ficar só recebendo ordens e trabalhar o tempo todo.

Brutus não teve trabalho para continuar a dominar aquele povo criado por Miguel, afinal, eles já estavam sob o comando dele. Sua preocupação era dominar Miguel e impedir que ele recuperasse o gênio e a lâmpada de alguma forma.

Ao se dar conta do que estava acontecendo, o garoto correu para a porta do castelo, na tentativa de fugir. Estava quase conseguindo quando Brutus teve uma ideia e ordenou que o gênio fizesse uma montanha, muito íngreme, bem em frente à saída principal, para que Miguel não pudesse escapar. Em seguida, criou uma pedra gigantesca em formato de esfera. Rindo muito, Brutus gritou:

— Pegue aí, garoto!

Miguel não teve escolha a não ser agarrar a grande rocha que vinha rolando ladeira abaixo. Só quando segurou a pedra enorme, percebeu que o morro fechava todas as saídas do palácio. Ele estava preso!

Brutus notou o desespero de Miguel e deu uma falsa esperança ao menino:

— Você só vai sair daí quando levar essa pedra até o alto da montanha e deixá-la paradinha lá.

— Isso é muito fácil!

Brutus riu da inocência de Miguel.

— É muito fácil, sim...

Tudo havia sido muito bem planejado para distrair Miguel eternamente: sempre que ele estivesse quase terminando sua tarefa, a pedra retornaria ao chão. Por todo o infinito, o menino subiria em direção ao cume da montanha para, logo em seguida, voltar à base. Assim, Brutus reinaria soberano. Ou quase, pois ainda era preciso pegar o controle das mãos de Luísa.

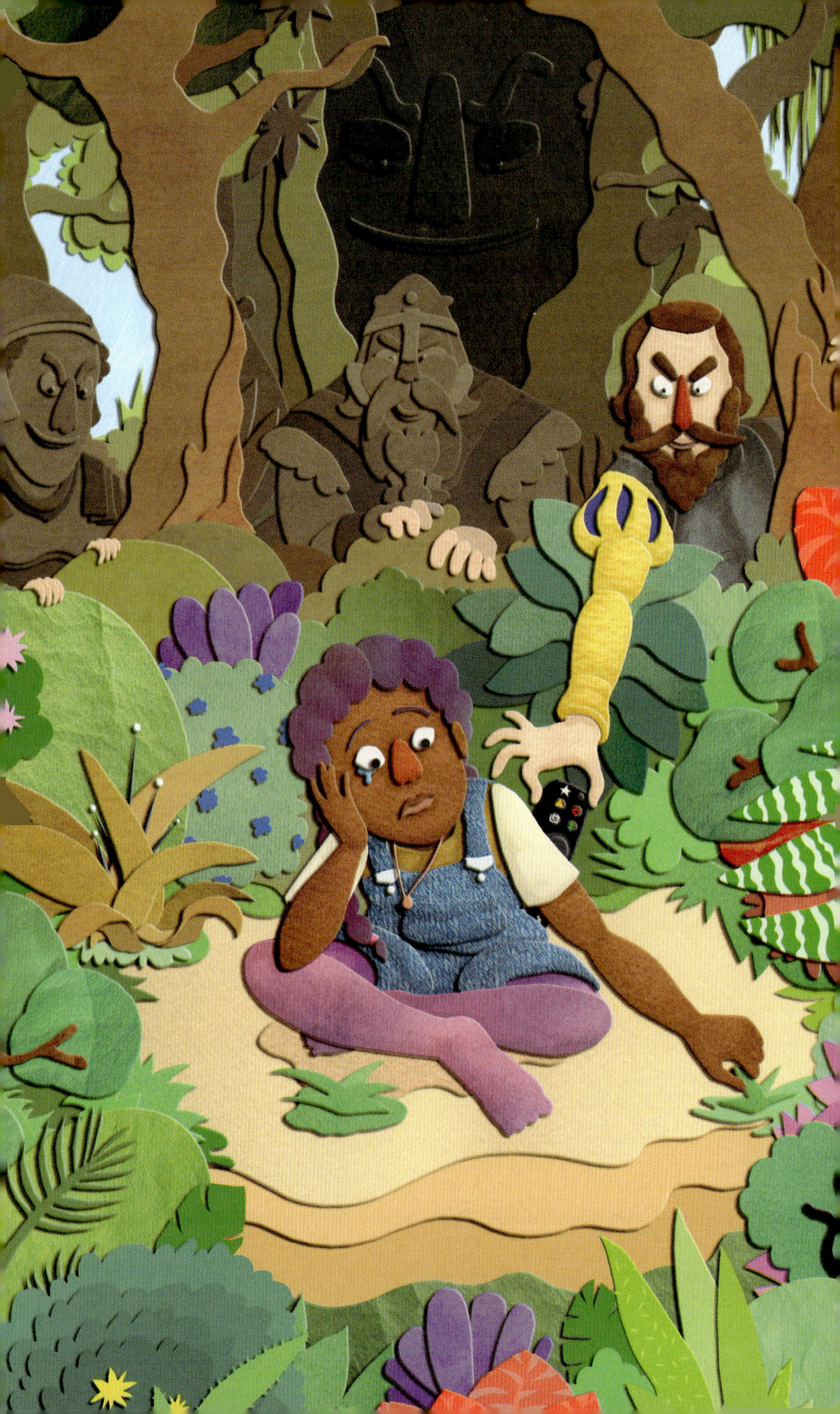

CAPÍTULO 8

CONDENADOS À SOLIDÃO

A essa altura, Luísa andava feliz da vida na companhia de Júlia, Akemi e Rudá. Com o tempo, o grupo foi se integrando e se conhecendo melhor. E percebendo do que iriam precisar. Para se alimentarem, criaram grandes hortas com a maior variedade possível de verduras e legumes que tinham gosto de sanduíches e salgadinhos. Não ficariam comendo só chocolate e doces. Fizeram um pomar com árvores de todas as espécies, onde não havia gravidade e eles poderiam colher os frutos enquanto flutuavam, mesmo que os galhos fossem muito altos. Somando os conhecimentos dos quatro, dava para criar muitas coisas, e eles se divertiam imaginando as invenções mais mirabolantes.

Debatiam muito sobre vários temas: haveria diferentes crenças no novo mundo? Existiria uma deusa ou vários deuses e deusas? O novo mundo seria dividido em países com diferentes governantes? Teriam que pesquisar para criar mais pessoas de todas as etnias? Todas as nações do antigo mundo também existiriam no novo?

Nem imaginavam a existência de Brutus e muito menos o que ele estava planejando.

Como Luísa era muito inteligente, Brutus nem sequer pensou numa estratégia para tapeá-la. Assim que prendeu Miguel naquele desafio irrealizável, tratou de criar um exército de soldados cruéis, capazes de sequestrar Luísa e roubar dela o controle.

Talvez, por ela ser muito bacana, Brutus até pudesse fazer um acordo. A parte do novo mundo que estava sob controle dele poderia se tornar um país do qual ele seria governante e devolver Miguel para o convívio dela. O problema é que ele não ia ficar satisfeito com um país. Ele queria o novo mundo inteiro! Com Miguel preso no castelo, tratou de vigiar Luísa o tempo todo, esperando o momento certo para atacar.

Mesmo feliz com os amigos que havia criado, ela sentia saudade de Miguel. Um dia, não segurou a tristeza e acabou chorando por não saber o que estava acontecendo com o amigo. Como não queria que as outras crianças percebessem, se afastou, enquanto elas brincavam no pomar.

Foi nesse momento que os soldados criados por Brutus alcançaram Luísa e ela não pôde se defender. A menina estava sentada com a cabeça baixa, olhando para o chão, pensando em ir atrás do amigo para que fizessem as pazes e ele não criasse nada inadequado, quando o controle foi roubado sem que ela tivesse tempo de impedir. Foi impossível recuperar o objeto. Luísa estava presa e mal podia se movimentar. Até tentou gritar para os amigos, mas eles, ainda brincando, não ouviram o pedido de socorro.

— Não adianta gritar, garota! Agora, você está sob o meu poder.

— O que está acontecendo?

— Você vai saber já, já.

— E os meus amigos?

— Não quero saber deles! É só você e o controle que me interessam.

Prenderam Luísa e, enquanto seguiam para o castelo, Brutus tentava conversar com ela.

— Você que escolheu o nome deste lugar, não foi?

— Fui eu.

— E não sabia que, em Macondo, as pessoas são condenadas à solidão?

— Eu pensei só nas coisas boas de lá.

— É tonta mesmo...

A viagem foi rápida e eles chegaram logo ao castelo. Luísa viu Miguel e ficou muito triste de encontrá-lo naquela situação. Brutus percebeu e não perdeu a oportunidade de deixá-la ainda mais aborrecida.

— Vocês dois, que se acharam os donos deste mundo, vão viver sozinhos para sempre. Com a diferença de que a senhorita vai passar o resto da vida me servindo e nunca mais vai voltar ao mundo antigo. Vou dar as instruções de como você deve agir por aqui. E nem pense em me desobedecer!

Luísa moraria em um quartinho nos fundos do castelo. Seria responsável, principalmente, por cuidar do palácio. Teria que supervisionar tudo naquele lugar. Desde a comida até a arrumação dos quartos. Com guardas e barreiras por todos os lados, não teria alternativa, a não ser trabalhar duro.

Depois de explicar tudo, Brutus foi para o seu trono e Luísa aproveitou para falar com Miguel. Ele ficou surpreso quando a viu e teve esperança de que ela o ajudasse a sair dali.

— Luísa, como você veio parar aqui?

— Brutus me prendeu também, Miguel.

— Mas ele não vai conseguir me prender para sempre. É só eu conseguir colocar essa pedra lá em cima que estarei livre. Você me ajuda? Já faz um tempão que estou tentando.

Luísa sabia a verdade: ele nunca conseguiria. Mas preferiu não contar nada. Do jeito que Brutus era vingativo, qualquer erro poderia ser terrível.

— Agora não posso, Miguel. Tenho que começar a trabalhar. Quando der, eu venho.

Enquanto Miguel estava preso naquele desafio e Luísa trabalhava sem parar, Brutus tratou de arrumar o lugar onde guardaria o que tinha de mais precioso: o controle, o gênio e a lâmpada. Para isso, lembrou-se de seus conhecimentos de mitologia grega.

Para proteger esses três bens tão importantes, criou um grande labirinto com chão de terra, dos mais confusos já vistos no universo. O lugar seria vigiado dia e noite pelo Minotauro, um ser metade homem, metade touro, que era forte e possessivo e devoraria qualquer um que invadisse seus domínios, com exceção de Brutus.

MINOTAURO E O LABIRINTO

Imagina uma criatura com corpo de homem e cabeça de touro. É para deixar mesmo qualquer um com medo! Esse é o Minotauro.

Na mitologia grega, ele era filho de uma mulher chamada Pasifae e de um touro! O marido dela, chamado Minos, ficou muito horrorizado quando esse monstro, que era enteado dele, nasceu. Por isso, para prendê-lo, mandou construir um labirinto enorme, cheio de corredores que se cruzavam numa grande confusão. Era impossível sair de lá.

O Minotauro se alimentava de vítimas humanas que eram jogadas para ele.

Na saída do labirinto, haveria mais um guarda: Poseidon, um ser furioso. Ele ficaria sentado em um trono, em frente a um grande oceano, e mostraria seu ódio provocando ondas impossíveis de atravessar.

POSEIDON

Na mitologia grega, Poseidon é o deus das águas doces e salgadas.

Logo que ele nasceu, assim como quase todos os seus irmãos, foi devorado por Cronos, pai deles. O único filho que conseguiu sair ileso foi Zeus, o deus dos deuses, que salvou os irmãos e as irmãs fazendo o pai vomitar todos eles. Eca!

Ainda bem que tudo já passou e hoje, além de comandar os mares, ele vive num palácio enorme no fundo do oceano.

Para a tristeza de Luísa, o novo mundo havia se transformado em um poço de raiva. Mas, no fundo, ela tinha esperança de que suas amigas e seu amigo iriam salvá-la.

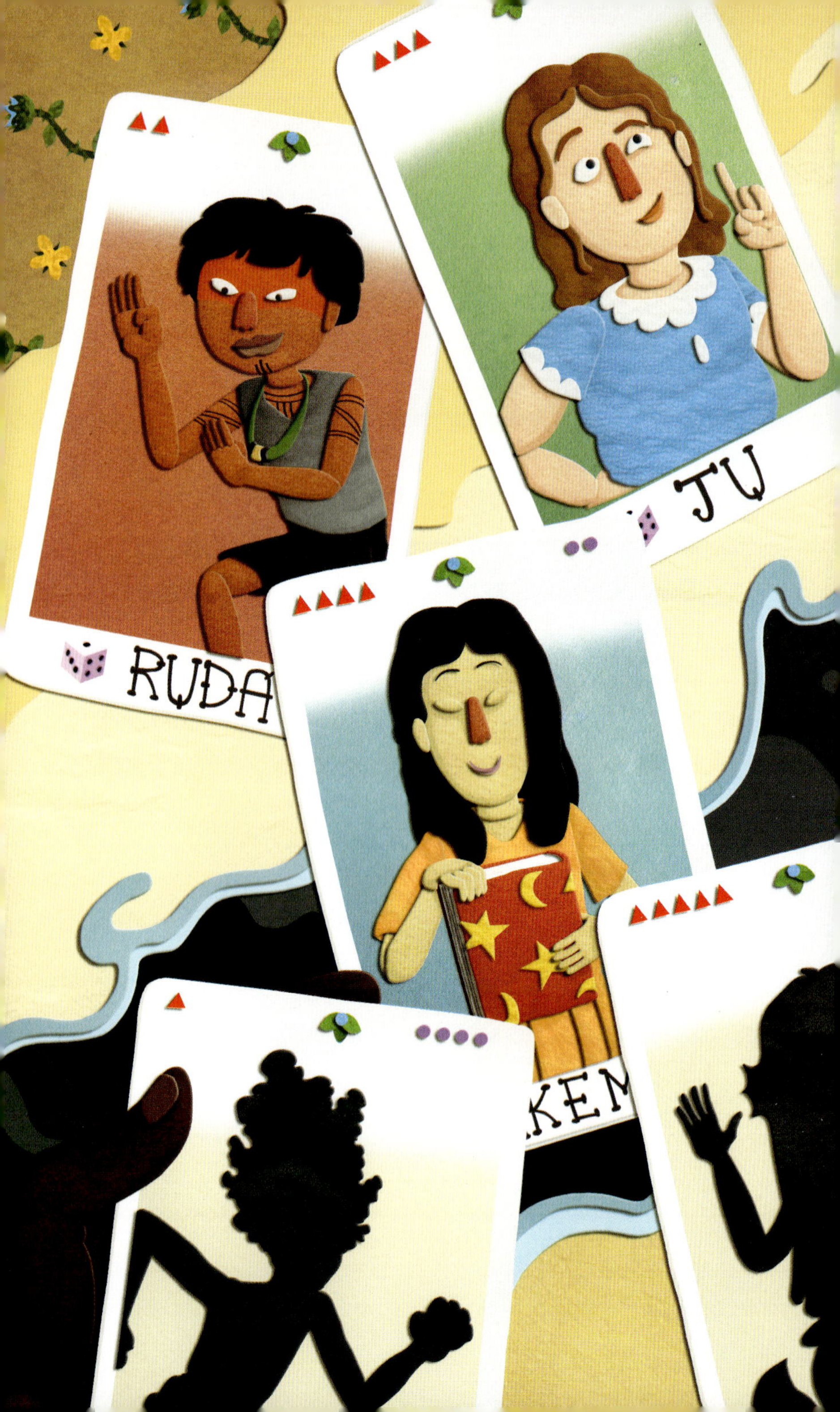

RUDA
JU

CAPÍTULO 9

A SALVAÇÃO

Júlia, Akemi e Rudá demoraram um pouco para procurar por Luísa. Quando se cansaram de brincar no pomar, andaram por todos os lados e não encontraram a amiga. Primeiro acharam que ela tinha se escondido de brincadeira, depois perceberam que ela não estava por perto e ficaram com medo de que alguma coisa grave tivesse acontecido.

— Quem sabe ela sentiu saudade do Miguel e foi procurá-lo? — perguntou Akemi.

— Mas por que ela não avisaria? — questionou Júlia.

Ficaram um tempo sem saber o que fazer, até que se lembraram da luneta. A solução era sair pelo novo mundo, que ainda era pequeno, tentando encontrar a amiga.

Voando, sentados no sofá, conseguiram enxergar Luísa trabalhando no castelo. Observaram os mínimos detalhes do lugar. Logo desconfiaram que Brutus a havia raptado, pois o viram sentado no salão nobre do castelo sendo servido por várias pessoas numa enorme mesa de jantar. Concluíram que era melhor esperar, porque ele não sairia dali tão cedo.

Pararam numa janela bem em frente ao quarto da menina. Quando ela foi se arrumar para dormir, os três, muito felizes de verem a amiga, bateram na janela de vidro.

Luísa se sentiu tão feliz, mas tão feliz que ficou sorrindo paralisada. Os três, rindo, fizeram sinal, pedindo que ela abrisse a janela. Eles se abraçaram, e Luísa logo começou a falar:

— Eu tinha certeza de que vocês viriam me tirar dessa.

E Júlia logo respondeu:

— É óbvio que a gente viria!

Luísa começou a contar tudo o que estava acontecendo desde que havia sido capturada por Brutus. Estava cansada, mas ficou tão animada que acabou perdendo o sono. As três crianças permaneceram atentas, ouvindo tudo, até que ela concluiu:

— A única solução é recuperar o controle e a lâmpada com o gênio. Mas tudo está muito bem protegido.

— E se eu for até lá?

Rudá fez essa pergunta porque era um menino da natureza e imaginava que conseguiria atravessar o mar bravo e desvendar os mistérios do labirinto.

— É muito perigoso, Rudá — respondeu Luísa. — O Minotauro fica o tempo todo tomando conta do labirinto e devora quem se atreve a entrar nos domínios dele.

Akemi era uma estrategista e tratou de coletar mais informações:

— Conta tudo o que você sabe sobre o Brutus. Quem sabe a gente consegue elaborar um plano?

— Sobre ele sei quase tudo: é mandão, orgulhoso e muito, muito inteligente. Passa o dia inteiro estudando, principalmente mitologia grega. Foi nos livros de mitologia que ele se inspirou para criar o mar revolto, Poseidon, o labirinto e o Minotauro. Mas sabem de uma coisa? Ele acha o folclore brasileiro muito sem graça.

— Ele falou isso para você? — perguntou Júlia.

— Falou uma vez, mas, quando vou limpar o quarto dele, consigo ver os livros que está lendo. E nunca encontro nenhum de folclore.

Júlia concluiu bem rápido:

— Então, todos os livros de folclore continuam lá na Grande Biblioteca?

— Provavelmente — respondeu Luísa, já animada por pensar no que eles poderiam fazer.

E foi Akemi quem anunciou a solução que todos estavam imaginando.

— Acho que todo mundo já sabe: o que vai salvar a gente é a regra número cinco!

E todas as crianças falaram juntas, mas sem gritar, para não chamar atenção:

— Sim!

Luísa bem que ficou com vontade de encontrar o Saci, mas sabia que não poderia sair dali sem Miguel, que estava sendo vigiado por dois guardas enormes. Os três amigos estavam preocupados de deixá-la naquele castelo, mas ela garantiu que saberia se defender.

Júlia, Akemi e Rudá se despediram da amiga, se acomodaram no sofá e voaram bem rápido para a Grande Biblioteca.

Assim que entraram, Júlia buscou uma obra sobre mitologia grega. Achou que era bom pesquisar sobre o assunto que Brutus conhecia tanto. Talvez ali houvesse uma solução.

Akemi foi por outro caminho e buscou o livro que os levaria até o Saci: *Saci-Pererê no século XXI*.

Os três abriram o livro juntos e não demorou muito para começarem a flutuar no meio de uma grande escuridão. Foram encontrar o Saci descansando no jogo de videogame de Miguel. Ele acordou assustado com aquelas três crianças por ali e perguntou:

— Quem são vocês? Nunca vi seres humanos nesse jogo.

— Eu sou a Júlia.

— Eu sou a Akemi.

— Eu sou o Rudá, e o senhor deve ser o Saci.

— Sim, sou eu mesmo, mas não precisa me chamar de senhor. Vocês não me conheciam?

— Só por livro — respondeu Rudá.

Saci estranhou o jeito do menino.

— É por livro mesmo que todos me conhecem, mas ninguém fica em dúvida quando me encontra. Só existe um saci neste mundo!

Akemi riu e respondeu:

— É que nós não somos deste mundo, não. Nós viemos de outro mundo.

— De outro mundo?

— Sim! Aquele que você deixou a Luísa e o Miguel criarem. Nós três somos amigos dela.

— E por que vocês vieram para cá? Não é permitido que as criaturas inventadas do lado de lá fiquem vindo para cá.

A Júlia foi rápida ao responder:

— Pela regra número sete, a gente só não poderia sair de lá depois que o novo mundo estivesse pronto, e isso ainda não aconteceu.

— Entendi. Você está certa. Podem ir me contando o que aconteceu.

As crianças contaram, tintim por tintim, tudo o que o que tinha acontecido em Macondo.

— Eu falei que, se eles desrespeitassem as regras, ia dar confusão.

— A Luísa respeitou. O problema foi o Miguel.

— Esse menino, viu? Apronta cada uma!

— É mesmo. Só que agora não tem muito o que fazer. O jeito é consertar essa trapalhada. Por isso, viemos aqui pedir sua ajuda.

O Saci pensou um pouco e pareceu ter encontrado uma solução.

— Eu tenho uma amiga e um amigo que podem ajudar a gente. Vou buscá-los e eles vão para o novo mundo com vocês.

Para espanto das crianças, o Saci desapareceu de repente e não demorou muito a voltar, trazendo um garoto de cabelo vermelho e pés virados para trás e uma sereia de cabelos pretos compridos, vestindo um top de conchas e um enorme xale de crochê.

— Esses são a Iara e o Curupira. Eles vão ajudar vocês.

IARA

A Iara faz parte do folclore do Brasil. Também conhecida como Mãe-d'água, é uma sereia, isto é, um ser metade mulher, metade peixe. Tem o costume de cantar para atrair os homens, que são seduzidos e levados até o fundo do mar, onde acabam morrendo afogados.

CURUPIRA

É um homem pequenininho, de cabelo vermelho e os pés virados para trás. Ele tem os dedos no lugar do calcanhar e vice-versa. Não gosta muito das cidades e prefere viver nas florestas. Há quem diga que ele é uma criatura do mal, mas isso não é verdade: ele é mesmo o guardião das florestas. Seus pés ao contrário servem para confundir aqueles que ameaçam as matas e os animais que vivem ali. Também é um personagem do folclore brasileiro.

Depois de apresentar a Iara e o Curupira para as crianças, o Saci juntou todos, explicou o que era preciso fazer e mandou que eles voltassem ao novo mundo:

— Corram, não podemos perder tempo, e Iara, com esse rabo de peixe, não pode ficar fora d'água por muitas horas. Espero que dê tudo certo!

Voltaram ao novo mundo, e os cinco foram direto para o local onde estavam guardados o gênio, a lâmpada e o controle.

No caminho, Júlia pediu o xale da Iara emprestado. Ninguém entendeu nada, muito menos a sereia, mas ela o entregou sem questionar.

Assim que chegaram, Iara, que tinha o poder de enfeitiçar as pessoas pelo som da sua voz, sentou-se numa pedra em frente ao mar revolto e começou a cantar. Brutus não a conhecia, então nunca tinha parado para pensar na possibilidade de o guardião dos mares ser seduzido pelo canto mágico de Iara. Uma vez distraído, Poseidon não só deixou o trono vago para ir ao encontro da sereia, como também se esqueceu de produzir as grandes ondas daquele oceano.

O mar se acalmou e as três crianças nadaram com o Curupira até o labirinto do Minotauro.

Antes de o Curupira entrar, Júlia deu a ele um fio puxado do xale da Iara. Todos olharam para ela sem entender nada, e ela tentou se explicar:

— Não me façam perguntas agora, não temos tempo, mas foi desse jeito que a Ariadne ajudou o amor dela a derrotar o Minotauro. Curupira, não solta esse fio de jeito nenhum. Eu vou ficar aqui segurando a outra ponta.

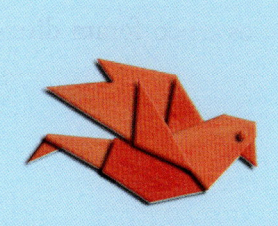

O FIO DE ARIADNE

Teseu era um matador de monstros que tinha a tarefa de exterminar o Minotauro. Aquele mesmo, o do labirinto! Para isso, ele foi até o labirinto, onde foi visto por Ariadne, que se apaixonou por ele.

A moça, para ajudar o amado, deu a ele um novelo. Ao avançar pelo labirinto, Teseu deveria desenrolar o fio, que o guiaria na volta e assim ele não se perderia. O plano deu certo e o Minotauro foi derrotado.

Curupira entrou no labirinto e, conforme andava, marcava o chão com suas pegadas invertidas. Enquanto avançava, a trama do xale ia se desmanchando, e, para voltar, o guardião das florestas seguiu o fio, sem se perder. Como era ágil, completou a missão com rapidez, sem correr perigo.

O monstro foi em busca do intruso que tinha deixado as marcas na terra. Só que ele fazia o caminho para a saída, já que as pegadas do Curupira eram ao contrário! Enquanto isso, as três crianças entravam no labirinto. Dessa vez, seguraram, juntas, em uma ponta da linha dourada do xale, enquanto o Curupira ficava na entrada segurando a outra ponta.

Elas pegaram o controle, o gênio e a lâmpada e trataram de desfazer o Minotauro e o Poseidon. Fizeram a maior festa e foram logo encontrar Luísa, que não se aguentou de tanta alegria.

— Não acredito! Vocês recuperaram tudo! Como conseguiram?

Rudá respondeu, sem perder tempo:

— Depois a gente conta. Agora precisamos correr.

Luísa ficou curiosa para saber o que o Curupira estava fazendo ali e se apresentou para ele.

— Você deve ser o Curupira, né? Eu sou a Luísa.

— Sou eu, sim. Vim ajudar vocês.

E os cinco correram até Brutus, que ficou muito bravo quando viu todas aquelas crianças entrarem na sala principal do palácio.

— Como vocês ousam vir aqui?

Luísa, que segurava os três tesouros, foi quem se aproximou de Brutus.

— Brutus, a gente conseguiu recuperar o controle, o gênio e a lâmpada. Agora você não tem mais poder nenhum!

— O quê?! Como vocês conseguiram fazer isso?

— Não interessa.

— E quem são esses pirralhos aí no fundo da sala?

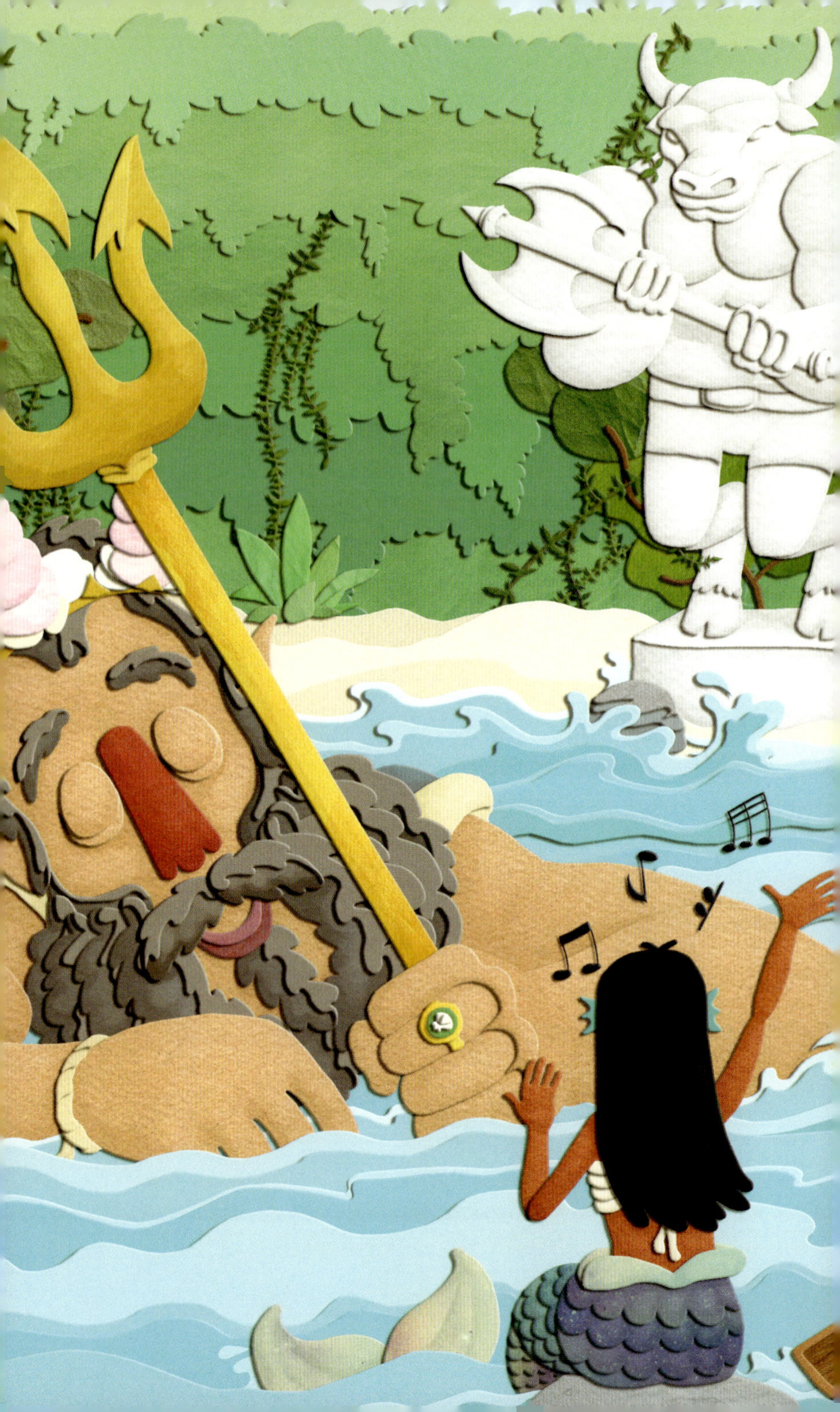

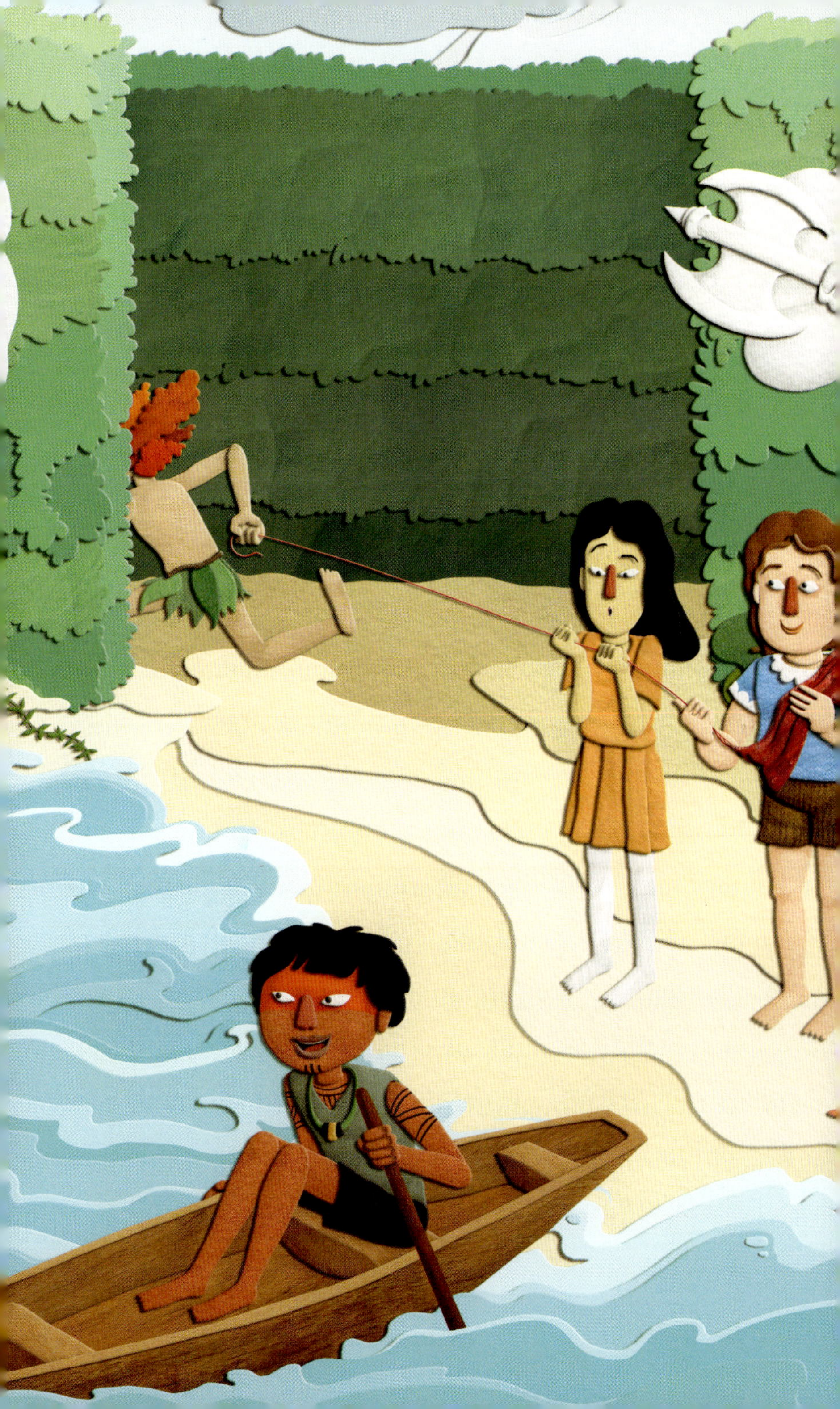

— São Júlia, Rudá e Akemi. Eles são os meus amigos que você não quis nem conhecer quando me raptou. E esse outro menino é o Curupira.

Nessa hora, Akemi se aproximou da Luísa e cochichou no ouvido dela:

— Luísa, conversei com a Júlia e o Rudá e a gente acha melhor você desinventar logo o Brutus.

Tudo tinha acontecido tão rápido que as crianças ainda não tinham pensado no que fariam com o grandalhão e todo o reinado dele.

— Mas, Akemi, a gente não pode desinventar nada, lembra?

— A gente não pode desinventar nada que tenha sido criado pelo controle, mas Brutus e toda essa parafernália que foi inventada pra fazer maldades vieram do gênio.

Nessa hora, Brutus, que ouviu a conversa e não tinha mais poder nenhum, começou a chorar. Não queria desaparecer assim. Luísa sentiu pena dele.

— Coitado! Melhor a gente pensar em outra solução.

Akemi também sentiu dó de Brutus, afinal ele não tinha culpa de ser tão cruel. Tinha sido criado como servo e era natural que sentisse tanta raiva. As duas pensaram um pouco, até que Luísa teve uma ideia.

— A gente pode usar o gênio.

— Como assim?

— Ele é diferente do controle. Não serve só para criar coisas, mas atende nossos pedidos também.

— E daí?

— A gente pode pedir que ele transforme o Brutus em alguém legal e sem ódio. E também os soldados. E que livre as pessoas desse trabalho medonho, para que todas tenham uma vida como a nossa.

As duas meninas dividiram a ideia com o grupo, e todos concordaram com a decisão.

A tarefa seguinte seria salvar Miguel. Luísa pediu ao gênio que finalmente deixasse aquela pedra parada no cume da montanha, sem rolar morro abaixo. Quando ela foi encontrar o menino, ele veio todo contente na direção dela, contando o que tinha acontecido.

— Nossa, Luísa, até que enfim a pedra parou lá em cima! Não falei que eu ia conseguir?

Luísa logo respondeu:

— Não, Miguel, você não conseguiu. Foi a gente que pediu para o gênio fazer isso.

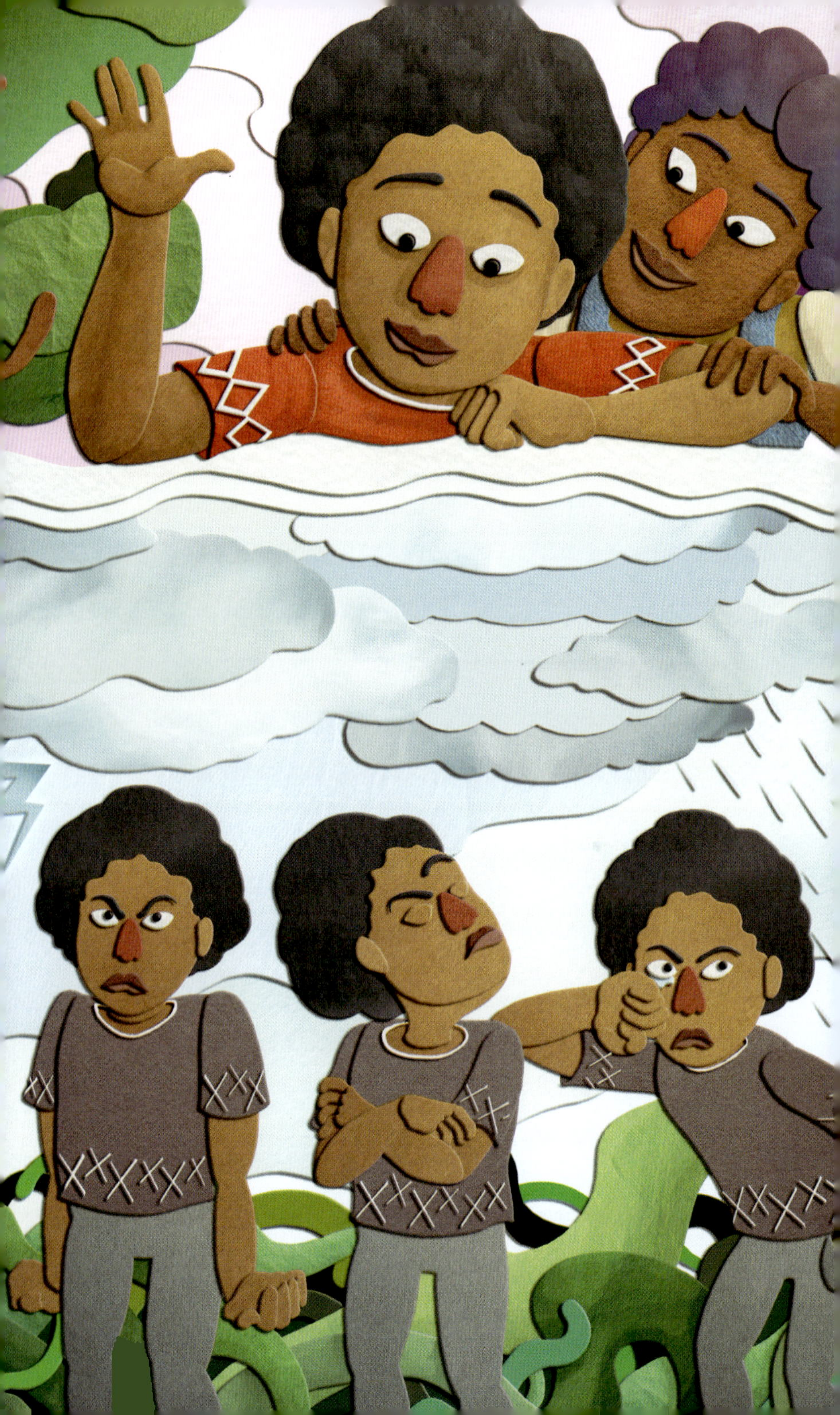

CAPÍTULO 10

CAI A FICHA DE MIGUEL

Luísa contou a Miguel tudo que tinha acontecido e explicou a ele qual era a finalidade daquela pedra e daquela montanha.

SÍSIFO E SUA PEDRA

Essa é mais uma história que vem lá da mitologia grega.

Sisifo era muito, mas muito esperto e, abusando dessa esperteza, resolveu enganar os deuses várias vezes.

Como punição, quando chegou ao vale da morte, foi condenado a realizar um trabalho terrível. Teria que levar uma pedra enorme e pesada até o cume de

> uma montanha. Só que assim que ele conseguisse cumprir a tarefa, a pedra rolaria ladeira abaixo e ele ficaria preso nessa atividade interminável por toda a eternidade.

— Você não iria concluir aquela tarefa nunca, Miguel. Brutus te deixou ocupado com isso para ele fazer maldades e conseguir comandar tudo sem você atrapalhar.

No começo, o menino sentiu um pouco de ciúme dos novos amigos de Luísa, de como eles eram inteligentes e leais. Depois, se espantou com a confusão que ele mesmo havia criado. Ficou triste de ter causado tanto prejuízo a si e aos outros. Compreendeu também que, se não tivesse sido tão mimado e egoísta, nada daquilo teria acontecido.

— Você me perdoa, Luísa?

— Só perdoo se estiver mesmo arrependido de ter criado pessoas para servir sem serem pagas pelo trabalho. Isso é escravização! Você jura que vai estudar sobre o assunto? Porque você repetiu uma das piores coisas do mundo antigo, que foi o ato de escravizar seres humanos.

ESCRAVIZAÇÕES, COM DESTAQUE PARA A ESCRAVIZAÇÃO DOS AFRICANOS E AFRODESCENDENTES EM VÁRIOS PAÍSES DO MUNDO

As pessoas escravizadas trabalham à força, sem receber nenhum salário em troca. Além disso, são maltratadas e impedidas de viverem livres.

Hoje, a escravização é considerada crime, mas infelizmente nem sempre foi assim. Aqui mesmo, no Brasil, ela durou 388 anos como uma prática legalizada, que só foi abolida em 1888. Que tristeza!

Durante a Antiguidade, na Grécia e na Roma Antiga, existiam escravizados. Também ocorreu escravização em países orientais como o Japão e a China. Mas o continente que mais sofreu com essa prática foi a África, principalmente entre os séculos XVI e XIX.

Durante esse período, muitas pessoas foram tiradas de lá à força e transportadas nos chamados navios negreiros, sofrendo todo tipo de tortura e violência.

Mulheres e homens, que antes tinham suas casas e profissões, eram levados como propriedade alheia para vários países da América e da Europa. Casais eram separados, crianças eram tiradas de suas mães e de seus pais, e nem idosas e idosos conseguiam escapar desse horror.

O racismo sofrido até hoje pelas pessoas pretas no mundo todo é uma das consequências da escravização.

— Juro, eu estou muito arrependido.

Os dois se abraçaram bem forte.

— Promete que não vai me enganar de novo?

— Prometo!

— E veja se começa a estudar! — completou a amiga, rindo de alegria.

Abraçaram-se outra vez, rindo bastante.

Júlia, Rudá e Akemi se aproximaram de Miguel e Luísa e se apresentaram ao novo amigo. A alegria foi tanta que ele até se esqueceu do ciúme que tinha sentido dos três.

— E agora? O que a gente vai fazer? — perguntou Miguel.

Rudá respondeu apontando para Curupira, que já parecia bem impaciente.

— Iara e Curupira precisam ir embora, afinal, eles já ajudaram muito.

A sereia ficou aliviada, porque não aguentava mais cantar. Júlia aproveitou para se explicar, contando o que tinha acontecido com o xale. Iara, sempre muito simpática, acabou com a preocupação da menina:

— Pode ficar sossegada, Júlia. Encomendo outro para uma crocheteira ótima que vive na floresta perto da minha casa.

Todo mundo se despediu, e Iara e Curupira foram embora para o mundo antigo.

Assim que os dois desapareceram, Luísa falou para Miguel:

— Acho que agora a gente também precisa voltar. Daqui a pouco, sua mãe vai sentir a nossa falta.

Já era tempo de retomar a vida normal. Miguel finalmente havia aprendido a lição.

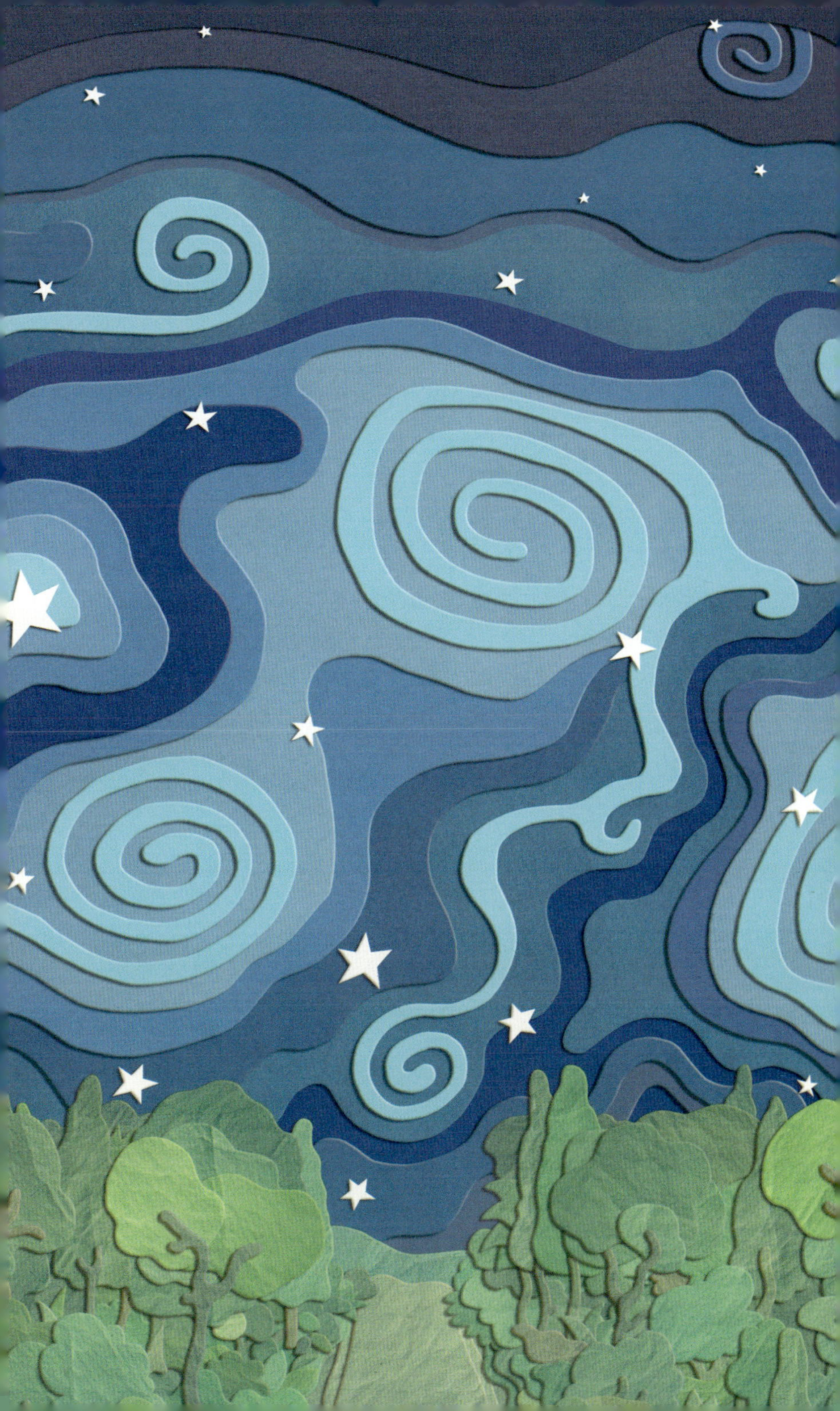

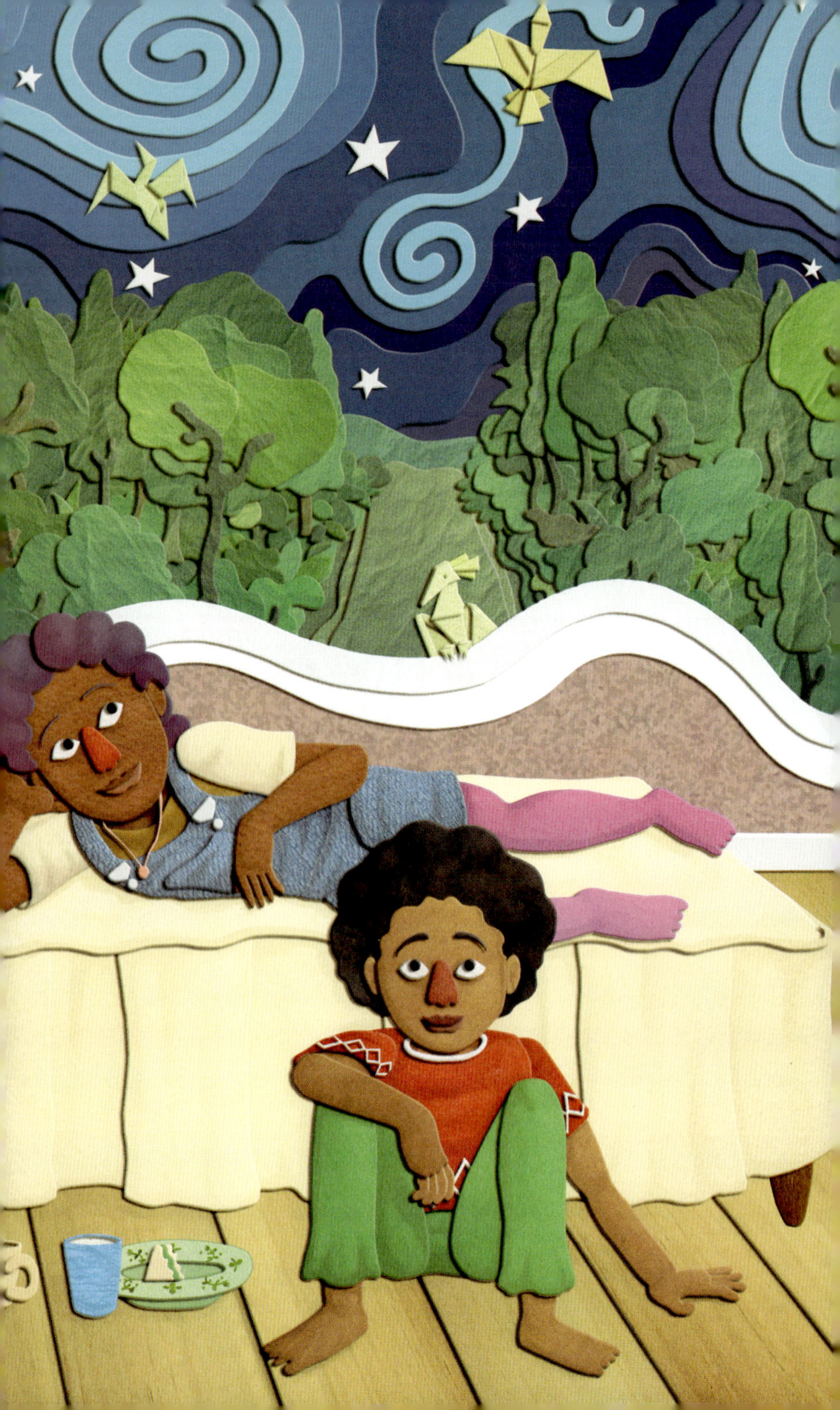

CAPÍTULO 11

HORA DE VOLTAR

Júlia, Akemi e Rudá não estavam esperando que os amigos fossem embora tão cedo e estavam quase chorando quando Akemi perguntou:

— E a gente nunca mais vai se ver?

— Lógico que vai! Você acha que não pensei nisso? A gente ainda tem muito o que criar nesse novo mundo: países e povos, monumentos, ilhas. O Saci-Pererê não deu um prazo para a gente terminar.

Assim, todos se despediram e cada criança do novo mundo fez uma promessa:

— Eu, Júlia, prometo que, toda vez que vierem visitar a gente, eu pinto uma noite estrelada diferente para receber vocês.

— Eu, Akemi, vou sempre esperar vocês com uma revoada de pássaros e borboletas de origami.

— Eu, Rudá, sempre vou preparar para vocês um novo passeio pela floresta.

Luísa e Miguel abriram um livro sobre saudade e imediatamente foram parar bem na rua onde os dois moravam. Levaram um susto quando encontraram o Saci esperando por eles.

— A Iara e o Curupira me avisaram que vocês estavam vindo. E aí, crianças, missão cumprida?

A Luísa respondeu logo:

— Resolvemos a confusão, mas ainda temos muito trabalho pela frente. Muita coisa ainda precisa ser criada por lá.

— Não se preocupem! Vocês terão o tempo que quiserem para fazer o novo mundo. E podem voltar lá sempre que tiverem vontade.

Miguel, que agora estava animado para criar coisas legais de verdade, respondeu ao Saci:

— Que bom que eu vou ter outra chance.

— E você, Miguel, como está se sentindo?

O garoto respondeu que estava confuso e envergonhado, mas que, a partir de então, iria agir de modo diferente, tanto na vida no mundo antigo quanto na criação do novo mundo.

Luísa achou que era hora de entregar ao Saci o controle e a lâmpada com o gênio, mas ele se recusou a receber.

— Guardem essas três coisas em um lugar muito seguro. Vocês são os responsáveis por elas e vão usá-las sempre que necessário. Agora preciso descansar um pouco.

Antes de o Saci sair pulando, as duas crianças pediram uma ajuda a ele para abrir o portão da casa de Miguel. Precisavam voltar sem serem vistos por Isabel, afinal, ela nem imaginava que os dois tinham saído. Assim que o portão se abriu, entraram pelo quintal, pularam a janela e voltaram bem quietinhos para o quarto. Os dois queriam conversar sobre as coisas que inventariam no novo mundo. Miguel queria criar a avó, para brincar muito com ela. Luísa perguntou se poderiam criar pessoas que já morreram.

— Claro que podemos! Se ela não está mais no mundo antigo, pode muito bem ir para o mundo novo.

— Melhor a gente perguntar para o Saci.

Não demorou muito, Isabel entrou no quarto trazendo um lanche.

— Vocês estão tão quietinhos que me esqueci de trazer alguma coisa para vocês comerem.

— Obrigada, tia!

— Obrigado, mãe!

Os dois riram por saber que Isabel nem imaginava a aventura que eles tinham vivido naquela tarde.

Comeram em silêncio enquanto pensavam nas próximas criações. Imaginaram criar a África com aqueles animais enormes bem mansos e amigos como os cachorros, rios com água morna e cachoeiras imensas com pedras de borracha para ninguém se machucar.

Luísa pensou em criar pais e mães que não trabalhassem e pudessem passar muito tempo com os filhos. Miguel decidiu que dali em diante estudaria muito e encheria o novo mundo de mais robôs de última geração, capazes de realizar todos os trabalhos feitos pelos humanos, inclusive arrumar a cama e lavar a louça.

Era boa a sensação de estar em casa, mas ainda faltava muita coisa para ser criada em Macondo, e Luísa e Miguel não viam a hora de voltar ao mundo novo.

crédito: Marzo Iamnhuk

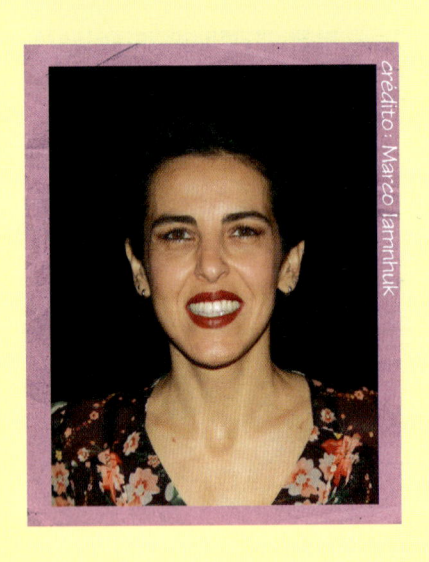

FLÁVIA HELENA é formada em letras (USP) e direito (PUC-SP) e trabalhou como professora de literatura por 19 anos. Como escritora, publicou, em 2015, *O fabricante de textos*, a partir de sua dissertação de mestrado sobre a obra *Budapeste*, de Chico Buarque, além da peça teatral *Trama*, de 2014, e da coletânea de contos *Sem açúcar*, lançada em 2016. Com Paulo Lins escreveu não apenas este *A criação do novo mundo*, como também o romance *Um novo sol*.

*Dedico este livro a Julia Helena Iamnhuk
e Luísa Helena Iamnhuk*
— FH

crédito: João Wainer

PAULO LINS começou escrevendo poesia, ao lançar *Sobre o sol* e ter poemas selecionados para a coletânea *Esses poetas*, organizada por Heloísa Teixeira. Mas o reconhecimento internacional veio com o romance *Cidade de Deus*, que ganhou a premiada versão cinematográfica. Lançou ainda *Desde que o samba é samba*, *Era uma vez* e *Dois amores*. Da parceria com Flávia Helena veio, além deste *A criação do novo mundo*, o romance *Um novo sol*. Bastante atuante como roteirista, escreveu com Lúcia Murat o filme *Quase dois irmãos*, que lhe rendeu o prêmio da Associação Paulista de Críticos de Arte (APCA), e muitos outros, como a minissérie *Suburbia* e a série documental *Resistência negra*, produzidas pela Rede Globo.

Dedico este livro a João Lins, Mariana Lins e Frederico Lins
— PL

GUILHERME CAMPELLO é formado em artes plásticas com licenciatura pela Escola de Belas Artes da Universidade Federal do Rio de Janeiro (UFRJ). É ilustrador de livros literários e didáticos, além de colaborar na concepção de jogos digitais, físicos e materiais colaborativos. Nesta obra, utilizou ilustrações digitais que simulam colagem artística, como montagens têxteis, dando a sensação de plasticidade física, tátil e artesanal. O visual de base remete a animações e à prática lúdica comum de recortes de papel feitos por crianças.